Nina

Frédéric Lenoir
Simonetta Greggio

Nina

roman

Stock

Couverture Dominic D. Miller / theshadowcompany
Illustration de couverture
© Robert Jones / Arcangel Images

ISBN 978-2-234-07021-9

Un amour non vécu n'est pas un amour perdu.
C'est un amour qui vous perd, qui vous possède
plus que vous n'en êtes dépossédé.

1

Ce soir, Adrien a décidé de mourir.

Assis à son secrétaire encombré de boîtes de médicaments et de petits flacons foncés, il sectionne, hache, triture à l'aide d'un canif. De temps à autre, il verse les comprimés réduits en poudre dans un verre à whisky. Avec son tee-shirt délavé, sa tignasse ébouriffée et son regard espiègle, il a l'air d'un vieil adolescent, mais les plis profonds aux coins des yeux et de la bouche révèlent son âge véritable, la quarantaine avancée. Des orteils au genou, sa jambe droite est prise dans un plâtre terni. Encore dix jours avant de l'ôter pour recommencer à marcher normalement. Adrien sourit. Un sourire grinçant. Il sera mort avant.

Ses gestes se succèdent, rapides, sûrs, ses doigts travaillent sans relâche, puis s'interrompent brusquement. À travers la fenêtre ouverte lui parvient un aboiement joyeux, ainsi qu'une odeur de feuilles avant la pluie. Pendant quelques instants Adrien s'immobilise et observe. De l'autre côté de la rue, devant la grille du jardin du Luxembourg, Rose est en train de parler à Gaston. Qu'est-ce que son ancienne gouvernante peut bien raconter au chien pour qu'il remue la queue si énergiquement que tout son arrière-train en est secoué et qu'il semble rire ? C'est son museau de lionceau heureux, ses longues oreilles et ses grosses pattes qui ont déterminé le choix d'Adrien, il y a cinq ans déjà, lorsque, à la SPA, on lui a présenté les candidats à l'adoption. Il se souvient bien de ce qu'il a ressenti en ressortant du chenil avec Gaston en laisse : tous ces chiens, attendant avec impatience – c'était son sentiment – ce moment qui pouvait changer leur existence, rentraient dans leurs cages plus pitoyables, plus malheureux que jamais. La mélancolie l'étreint. Gaston ne se sentira-t-il pas une nouvelle fois abandonné, après ? Adrien tente encore de se rassurer en songeant que Rose s'en occupera à merveille, elle qui le garde déjà avec bonheur chaque fois qu'il part en voyage.

Gaston aboie de nouveau, plus loin cette fois-ci. Rose doit être repartie pour un tour du parc, ils ne vont pas revenir de sitôt, tous les deux. Le regard d'Adrien se détourne de la fenêtre et revient au secrétaire. Il attrape le verre où les poudres de différentes couleurs se mélangent, le soulève, l'examine à contre-jour, le repose. Sautillant sur sa béquille, il va dans la salle de bains chercher d'autres pilules. Celles-ci sont ovales avec un trait au milieu, les plus fortes d'après ce qu'a dit le médecin. De quoi assommer un cheval, a-t-il ajouté, et Adrien a baissé le regard pour ne pas montrer les larmes qui lui montaient aux yeux.

Trois mois plus tôt, sa jument, Lolita, a trébuché après un saut, l'entraînant sous elle. Le vétérinaire accouru sur les lieux a secoué la tête. Lolita s'était cassé l'un des antérieurs. Adrien aurait voulu serrer encore une fois contre lui sa vieille amie mais on l'a immobilisé sur une civière pendant que Lolita tremblait de tous ses membres, sa longue crinière avoine emmêlée, ses flancs battant fort. Alors qu'on l'emmenait, Adrien a crié son nom, et Lolita a tourné vers lui ses grands yeux bruns puis a henni. C'est sans doute à ce moment que quelque chose s'est définitivement brisé en lui. Mais comme un homme blessé continue de courir malgré le sang qui s'écoule, Adrien a continué à vivre, ou à faire semblant. Jusqu'à aujourd'hui.

À cette heure, Rose devrait être rentrée chez elle, mais ces jours-ci elle saisit le moindre prétexte pour s'en aller de plus en plus tard. Veuve et sans enfants, Rose est entrée dans la famille à l'âge de trente-quatre ans, alors qu'Adrien était encore un petit garçon, puis elle a pris sa retraite après la mort de ses parents, il y a dix ans. Après l'accident d'Adrien, elle a décidé de lui rendre visite quotidiennement, pour prendre soin de lui et de Gaston. Depuis quelques jours, elle rôde. Son « petit », comme elle l'appelle encore dans son for intérieur, l'inquiète. Il n'est plus le même. Elle le devine à son allure, le remarque à ses joues mal rasées, à ses yeux cernés. En quelques semaines, il a pris cet air de clochard que le chagrin donne si facilement aux hommes. Elle guette, et Adrien le sait. Lorsqu'elle reviendra, il faudra qu'il cache son arsenal.

Un vent frais traverse la douceur de ce soir d'automne, la pluie ne va pas tarder. En frissonnant, il ferme la fenêtre. Son cœur cogne contre les parois de sa poitrine. Tout est prêt maintenant. Il ne reste que le testament, il l'établira une fois Rose repartie.

Adrien dépose un peu de mixture sur sa langue. C'est amer, mais il boira son verre cul sec, et après, il n'y aura plus rien, que le noir et la paix. « Comme tout ceci est étrange. Si quelqu'un voulait me tuer, se dit-il, je me défendrais de toutes mes forces, pourtant, là, je m'en fous. »

La pendule sonne vingt coups. Huit heures du soir, sa dernière soirée sur terre. Les minutes se bousculent, le temps se fige un instant puis accélère. Comme son cœur, un poing qui s'ouvre et se ferme, qui va s'affoler avant de se calmer à jamais.

2

Rose est repartie après avoir ramené Gaston et avoir fait à Adrien des recommandations à n'en plus finir. Il faut qu'il mange, qu'il se couche tôt, qu'il se repose. Il a acquiescé sans rien répondre. Un véritable désespoir d'enfant l'a saisi au moment où la vieille femme, un peu courbée, son sac élimé à la main, a ouvert la porte pour sortir. Il est resté un instant sans bouger puis l'a rattrapée sur le palier et serrée avec force contre lui, baissant la tête sur son épaule frêle comme quand il était petit, reconnaissant l'odeur de jasmin qui émane depuis toujours de sa peau et de ses vêtements. Rose n'a opposé aucune résistance, interloquée. Ensuite, il l'a laissée partir avec un « Merci » à peine audible. Avant de descendre l'escalier, Rose l'a fixé de ses yeux qui savent tout. C'est du moins ce dont Adrien est persuadé. Ceux qui vous aiment ont un don de double vue, pense-t-il. Pendant un long moment, les bras ballants, il est demeuré là, songeur, sans même s'apercevoir que ses lèvres remuaient et qu'il chantonnait une comptine qu'il croyait oubliée.

Assis à son secrétaire, Adrien extrait de son tiroir une feuille vierge et commence à écrire : « Ma très chère Rose. Ne soyez pas malheureuse. Je sais que ce sera douloureux demain matin de me retrouver… » Il s'interrompt. Son stylo tapote à plusieurs reprises son menton piqué d'une barbe de trois jours. Le même sourire que tout à l'heure, un sourire qui paraît se moquer de lui-même, revient sur ses lèvres. « De me retrouver comment ? se demande-t-il… Mort. » Et oui, ce sera une dure épreuve. *Mais pas pour moi*, pense-t-il, étonné. Un grand calme l'habite. Il n'a plus peur de rien. Il attend la mort comme un homme fatigué attendrait une bonne nuit de sommeil. Comment justifier cet acte, qu'il juge à la fois courageux et lâche ? Pour épargner ses proches, il aurait pu avoir un banal accident de la route, un coup de fatigue au volant est vite arrivé, mais son plâtre et sa béquille ne lui permettent pas de faire les choses autrement. Et sans doute a-t-il trop peur, aussi, de retarder sa décision.

Adrien hésite, il voudrait en dire plus. Les mots sonnent faux, le fuient, l'énervent : « Oui, je sais, Rose. Le suicide est un péché à vos yeux. Mais pour moi, sachez-le, la faute est de ne plus être utile à personne, et d'abord à moi-même. Et puis, à quoi bon essayer de m'expliquer ? J'ai perdu le goût de vivre, voilà tout. » Autant être bref, précis. Il reprend : « Passons aux détails pratiques : je laisse la maison de campagne à mon frère, Nicolas. Il a été tellement malheureux que j'en hérite à la mort des parents ! À vous, Rose, je lègue ma collection de textes autographes de grands auteurs ainsi que cet appartement. Je pense que vous ne regretterez pas le vôtre, qui est plus petit et surtout sans ascenseur... En échange, occupez-vous de Gaston. Je sais que vous le feriez quoi qu'il en soit, mais prenez-en soin en souvenir de moi : il est mon dernier compagnon. Merci pour tout, ma chère Rose. Je vous suis si reconnaissant. Vous m'avez donné le meilleur de vous-même pendant toutes ces années. Il y aurait tant de choses à dire encore, mais vient un moment où les mots ne servent plus à rien. Pensez à moi sans peine, car je pars sans regrets. »

Adrien redresse la tête au bruit d'une soudaine rafale contre les vitres. Il a commencé à pleuvoir, mais dehors l'air est tiède, le ciel lumineux. Il se lève pour rouvrir la fenêtre, trop vite. La douleur irradie, fulgurante, de la cheville à l'aine. Le souffle coupé, il attend que ça passe. Tout passe, tout est éphémère, les sublimes bonheurs comme les grands malheurs, songe-t-il, ironique. Dire qu'il a tant aimé la vie ! Il a aimé rire en jouant au tennis avec ses copains, puis boire l'eau froide d'une carafe, les glaçons tombant au fond du verre, et mater en douce les jambes dorées d'une fille à ses côtés. Les images se bousculent, photogrammes d'un film projeté pour lui seul. Il a aimé talonner sa jument, oreilles droites et crinière au vent, dans les vagues de l'océan, jusqu'à ce qu'elle n'ait plus pied. Il a aimé voir Gaston si joyeux, le matin tôt, allant en cachette dans le box de Lolita pour chasser les mulots sous le foin. Il le retrouvait bondissant entre les balles défaites, aboyant à en perdre la voix. Il a aimé ces soirs de sérénité, assis sous un tilleul dans le jardin de sa maison de campagne, son livre tombé des mains, et le rose du ciel qui baignait le monde autour de lui. Des plaisirs simples, intenses.

Quand a-t-il commencé à mourir ? La perte de Lolita n'a fait que raviver une blessure plus ancienne. Ce goût âcre, ce parfum d'échec, l'ont accompagné toutes ces années. Adrien se retourne brusquement, il lui a semblé entendre un bruit de pas, mais il n'y a personne dans la pièce, juste la bourrasque d'octobre, juste son ombre à la lisière dorée de la lampe, une longue silhouette noire qui se détache de lui.

Avant de partir, Rose a fait la vaisselle et passé l'aspirateur dans le salon. Tout est propre dans l'appartement. Adrien finit de mettre de l'ordre sur son secrétaire, méthodiquement, concentré sur chaque geste, chaque mouvement. Ensuite, il prendra une longue douche. Nettoyer et ranger ce qui est condamné, pense-t-il, est l'expression paradoxale de la manière dont il faut vivre. Mourir aussi.

Qui souffrira de son départ, et chez qui, à part Rose et Gaston, va-t-il laisser un vide ? Son aîné ? Depuis leur querelle d'héritage, il a perdu la chaleur de Nicolas. Enfants, ils étaient si complices ! Mais après des années de mutisme, il n'imagine pas son frère bouleversé par sa disparition. Sa belle-sœur, Pauline, sera sans doute plus touchée, songe-t-il en grimaçant.

Isa ? Il avait rencontré Isabelle quatre ans auparavant, lors d'une vente aux enchères au cours de laquelle elle avait fait l'acquisition d'une lettre manuscrite de Paul Claudel. Il avait été intrigué par la passion que cette jeune femme, à l'allure bohème, semblait vouer au poète catholique. Il l'avait invitée à prendre un verre après la vente. Ils ne s'étaient plus quittés pendant trois ans. Isabelle, en fait, détestait Paul Claudel autant qu'elle vénérait sa sœur, Camille, la célèbre sculptrice, que sa famille avait fait enfermer. La fameuse lettre évoquait cet internement, ce qui la rendait précieuse aux yeux de la jeune femme. Adrien, conquis par l'ardeur de sa nouvelle compagne, avait cru avoir enfin trouvé le grand amour. Pourtant, au fil des mois, cette sensation qu'il connaissait bien, étrange mélange de peur, d'indifférence et de malaise, avait gagné son cœur. Il avait su alors qu'il se passerait avec Isabelle ce qu'il s'était passé avec toutes les autres femmes. Toutes les autres femmes, sauf une. Une qu'il avait tant aimée qu'il s'interdisait depuis d'en aimer une seconde, comme s'il devait protéger cette parcelle sacrée.

C'est en tout cas ce que pensait son meilleur ami, Philippe, le seul qu'il voyait régulièrement depuis sa rupture avec Isa. Les autres lui en avaient voulu. « Pourquoi gâcher une nouvelle fois une si belle histoire ? » Adrien s'était lassé d'entendre ces arguments, auxquels il ne trouvait rien à rétorquer. Il avait donc usé de mille prétextes pour s'enfoncer de plus en plus dans la solitude, et seul Philippe était parvenu, à force d'obstination, à maintenir une relation étroite avec lui. Ils évitaient simplement de « parler de ça » et transpiraient ensemble deux fois par semaine sur un court de tennis du jardin du Luxembourg, avant d'aller prendre un repas chez Max, le petit ami de Philippe, qui travaillait comme chef dans un restaurant rue Servandoni. « À coup sûr Philippe sera accablé, et sans doute se sentira-t-il trahi », pense Adrien. « D'autant plus qu'il vient de partir à Bali pour plusieurs mois avec son compagnon dans le but d'ouvrir un restaurant. Il s'en voudra terriblement de ne pas avoir été près de moi. Sa présence, se dit-il, m'aurait probablement empêché de mettre fin à mes jours... Au fond, cela vaut mieux comme ça. »

Les facettes du verre en cristal jettent des éclaboussures de lumière dans la pièce. Adrien, fasciné, fixe la mixture mortelle mais n'y touche toujours pas. Il lui faut encore faire ses adieux à Gaston, endormi pattes en l'air et ventre offert, comme d'habitude, derrière le canapé. À son appel, le chien se réveille, bâille et s'approche. Adrien caresse sa tête velue, son museau, jusqu'à la truffe noire. Gaston doit sentir confusément les intentions secrètes de son maître, car au lieu de se vautrer à nouveau sur le dos pour se faire gratter le ventre, il s'approche du visage d'Adrien et cherche à le lécher en gémissant.

« Ne t'inquiète pas, mon vieux, Rose s'occupera bien de toi. Elle cédera à tous tes caprices, je la connais... Tu as été un merveilleux compagnon pendant toutes ces années, mon Gaston. »

L'émotion gagne Adrien qui presse la grosse tête du chien contre la sienne. Il demeure ainsi un long moment, silencieux, tandis que Gaston lui lèche l'oreille et la nuque sans, pour une fois, se faire repousser. Mais Adrien a l'esprit ailleurs. Il lui reste encore une chose à faire.

Il se redresse sur sa chaise, laissant Gaston s'affaler sur le sol. Il éloigne le verre plein, reprend sa lettre pour Rose et ajoute quelques mots : « P.-S. : merci de poster la lettre ci-jointe avec le bon affranchissement pour l'Italie. » Il cachette le pli, dépose devant lui une autre enveloppe sur laquelle il écrit un nom et une adresse, avant de se pencher sur une nouvelle feuille. Avec ses doigts, il enroule et déroule une mèche qui lui tombe de la tempe sur la joue. Une larme, puis une autre tombent sur la page, gouttes pleuvant des arbres après l'orage, mais Adrien ne voit plus rien autour de lui. Il vient d'entrer dans un monde où les repères habituels n'ont plus cours. Il écrit.

3

Nina,

On dit qu'avant de mourir, on voit défiler sa vie entière en quelques secondes. Moi, je vais me donner quelques heures pour convier mes souvenirs et laisser parler mon cœur. Il y a certaines choses que tu sais et d'autres que je ne t'ai jamais dites, mais quand tu recevras ces mots, je ne serai plus là.

N'en sois pas peinée, car je m'en vais rejoindre ceux que nous avons aimés et qui nous ont déjà quittés. J'ai hâte de trouver ce repos, si tu savais. Tu m'as tellement manqué, Nina, mais même ce manque, je l'ai aimé, puisqu'en quelque sorte, c'est comme si tu m'avais accompagné tout ce temps. Cela fait presque trente ans que je n'ai pas revu ton visage, que je n'ai pas entendu ta voix. Et pourtant tu es si présente. Les douleurs, les joies, s'inscrivent d'une étrange manière dans notre mémoire. On pense les avoir dépassées, on s'imagine qu'elles ne nous déchirent plus comme au début, mais il suffit d'une odeur, d'une chanson, pour y replonger. Ce soir est l'un de ces moments où le temps n'a plus de prise. Où tout est clair, tranquille, en ordre. J'ai établi mon testament, dans lequel je lègue mes biens à mon frère, Nicolas, et à Rose, t'en souviens-tu ? Elle était déjà dans ma famille lorsque nous nous sommes connus, toi et moi. Cette chère, vieille, adorable *testona* – têtue, c'était ton mot – ne m'a jamais laissé tomber.

Il est trop tard pour tout, aujourd'hui, Nina, et je me rends bien compte qu'on ne peut plus rien changer. Mais il y a ce besoin de t'écrire, d'être encore un peu avec toi. Comme quand nous étions enfants, quand un regard suffisait pour que nos cœurs se mettent à battre à l'unisson, défiant le monde entier.

Je me souviens de la première fois que je t'ai vue, un mètre trente-cinq de la pointe des orteils à ta queue-de-cheval, puisque ce sont tes pieds que j'ai d'abord regardés, timide comme j'étais. Tu étais debout sur une seule jambe, appuyée à la balustrade du *palazzo* Scarpariello. Sculptée par le bleu. Derrière toi, rien que la mer et le ciel. Les bras derrière la tête, tu jouais à la danseuse, et c'est sans changer de position que tu m'as observé, puis tu as dit en détachant bien les syllabes, de ta voix un peu rauque à laquelle je ne m'attendais pas, « *Lei par-la i-ta-lia-no ?* », puis en français, « Moi, je parle votre langue. Je vais à l'école française, à Rome ». Je n'avais pas trouvé assez de courage pour te répondre, sans compter que personne de mon âge ne m'avait jamais vouvoyé. Ma langue restait collée au palais. J'avais dû émettre un bruit curieux car tu avais éclaté de rire, et alors le rire était monté en moi aussi, un rire qui venait de loin et me libérait de ma gêne, de ma gaucherie. Nous avons ri ensemble, et c'est là que notre amitié a commencé. Après, j'ai osé te regarder aussi franchement que tu le faisais. Tu avais déjà ce visage intrépide, ce sourire effronté et, je ne comprenais pas pourquoi, grave aussi. J'ai vu que tes yeux gris changeaient de couleur jusqu'à devenir verts, ça m'a fait penser à une forêt sous la pluie. En riant, tu bougeais la tête de droite à gauche, et tes cheveux noirs balayaient ton front, ton cou et ton menton, bouquet d'herbes folles, comme si le vent passait au travers. Tu t'es courbée jusqu'à toucher tes orteils, et en te redressant tu t'es tournée vers la mer. C'est à ce moment-là que j'ai entrevu cet air un peu perdu que tu avais quand tu pensais que personne ne te regardait. Mon rire s'est éteint, mais tu ne t'en es pas aperçue. Ce que tu allais être pour moi, je l'ai compris d'un coup d'œil, et j'ai su, immédiatement, sans hésitation, que plus rien ne serait désormais pareil, que tu étais la jeune fille, la femme que j'aimerais. Je ne me suis pas trompé. J'avais dix ans, tu en avais huit.

Où es-tu maintenant ? Les lignes de ton visage sont floues aujourd'hui, mais lorsque je pense à toi ce jour-là, je revois tes minces épaules nues, les grosses marguerites jaunes de ton maillot de bain, tes espadrilles trop grandes déchiquetées par les rochers. C'était en 1975. Les couleurs des polaroïds ont déteint depuis. Nos parents étaient si fiers de leurs beaux appareils tout neufs ! Ils nous faisaient poser sans cesse, et nous râlions. Nous avions autre chose à faire. C'était la première fois que nous louions une partie de ce *palazzo* à Ravello, sur cette côte amalfitaine que tu connaissais depuis toute petite. Comme nos amis, chaque été nous allions dorénavant vivre entre ces murs fissurés colonisés par les geckos, dans ces pièces gigantesques bâties pour des bals princiers. Cela nous donnerait une liberté jamais goûtée auparavant, et à moi, une nostalgie qui durerait une vie.

Nicolas et moi avions fait la tête pendant tout le voyage depuis Paris, car cette nouvelle destination de vacances nous dépossédait des repères de notre Bretagne bien-aimée, de la pêche aux crevettes et à la palourde lorsque la mer se retirait, des virées en canoë-kayak avec nos copains. Terminés les festins de crêpes et les bolées de cidre bues en cachette, les soirées si longues qu'elles débordaient dans des nuits immenses, et ces rouleaux qui nous emportaient au large et contre lesquels nous avions si bien appris à lutter. Par dépit, Nicolas et moi avions décidé de prendre en horreur pizza et spaghetti, et même cette mer toute nouvelle, une surface lisse, chaude, sans algues, et presque sans odeur. Nous avions décidé d'être insupportables. Nous allions si bien dégoûter nos parents que nous ne retournerions plus jamais en Italie.

Cette grande résolution n'avait pas tenu plus d'une journée. Les lèvres givrées par un granité au lait d'amandes et blanchies par une citronnade, l'après-midi même de notre arrivée Nicolas et moi souriions de toutes nos dents – toutes, sauf ma canine qui venait de tomber – à nos nouveaux petits copains, déjà oublieux de ceux que nous laissions derrière nous.

Cet été-là fut le premier de toute une série fabuleuse. À nous les palais croulants, les chasses au trésor dans les jardins oubliés, l'apnée à la recherche de galères romaines, les jeux les plus aventureux, les plus dangereux aussi.

Emanuele, Manu, ton petit frère, si farfelu, si bizarre et si tendre, ressemblait à l'un de ces chérubins rêveurs et potelés qui peuplent vos églises italiennes. De ces *putti*, il avait la chevelure bouclée et le regard voilé, le sourire vague, et cette même douceur muette. Il devint la mascotte de notre bande, c'était le plus petit d'entre nous, celui qu'il fallait avoir à l'œil et protéger. Jamais mission ne fut plus manquée. Nous étions bien trop captivés par nous-mêmes et par les changements qui survenaient à toute allure dans nos corps et nos esprits. Nous allions si vite vers l'adolescence. Nous nous retrouvions aux grandes vacances, puis nous nous perdions pendant l'hiver pour renouveler nos serments d'amitié au cours des mois de feu qui semblaient ne jamais devoir se terminer.

C'est ce même jour, alors que mes parents ébahis faisaient le tour de la vieille demeure d'amiraux et de princes péris en croisades, que tu nous avais présentés au reste du « gang », comme tu l'appelais. Nicolas et moi avions dévalé derrière toi les marches en pierre qui portaient à la mer à travers les genêts fouettant les mollets. Tes amis étaient installés autour d'une construction en bambou drapée de vieilles toiles de lin déchirées – des tissus immenses qui ressemblaient à des nappes brodées d'autels, et peut-être était-ce là d'ailleurs leur fonction d'origine. Quelques serviettes humides jonchaient le sable, et sur celles-ci, une dizaine d'enfants lisaient des bandes dessinées et discutaient pêche sous-marine. Enfin, c'est ce que j'ai fini par comprendre, par bribes et avec effort, car mon italien était inexistant, alors que par la suite il deviendrait ma langue d'adoption, mon langage d'amour pour toi.

Le premier qui vint vers mon frère et moi était le plus grand du groupe, un garçon un peu plus âgé que nous, très brun, très bronzé, au visage déjà presque adulte. En s'appuyant avec naturel sur un harpon rouillé, il nous avait tendu la main : « Je m'appelle Enzo... Enzo Folco. » Je l'avais fixé avec tant d'intensité que – je m'en souviens parfaitement – une légère rougeur avait envahi ses joues sous le hâle. Je crois que j'en avais été aussi troublé que lui, resté la main en l'air, et précipitamment je la lui avais serrée avec une moue qui, j'en suis sûr, devait plus tenir du rictus que du sourire. Encore aujourd'hui, je n'ai pas la plus petite idée de ce qui se passa en moi pendant ces quelques instants, mais un frisson glacé parcourut mon échine, et l'attirance que j'avais instantanément ressentie pour ce garçon se teinta d'une nuance plus sombre, qui me fit peur. Je ne sais si Nicolas ressentit tout cela car, après une rapide accolade – mon frère ne souffrait pas de mes embarras –, il passait déjà en revue l'attroupement.

Penché sur un *Maxi-Topolino* tout barbouillé, les yeux levés vers nous, ton petit frère nous salua vaguement de la tête sans bouger de sa serviette, nous scrutant derrière ses lunettes à double foyer, pendant que, bras dessus, bras dessous, tous les autres approchaient. Mi-amusé, mi-déconcerté, je n'avais pu m'empêcher de penser aux dessins de nos manuels d'histoire qui montraient des aborigènes à moitié nus allant deux par deux au-devant des missionnaires dans les mondes nouveaux.

Patrizia et John vinrent nous examiner les premiers – une Anglaise de sept ou huit ans haute sur pattes, aux sourcils froncés, et son ami, un échalas à cheveux carotte et biceps surdéveloppés. Puis Andrea et Guido, des jumeaux romains qui se ressemblaient de manière troublante, se présentèrent l'un l'autre en chœur ; ensuite Ivy et Giada – la première, une jeune déesse grecque, la seconde, une Napolitaine craintive comme une petite souris – nous firent une sorte de révérence qui nous laissa, Nicolas et moi, complètement abasourdis. Nous devions avoir l'air si bête que les derniers garçons, Concetto – que vous appeliez Ghibli – et Rosario – fils de pêcheurs du coin comme je l'ai appris par la suite – nous avaient rapidement dévisagés, puis, haussant un sourcil et nous épargnant un quolibet qu'ils devaient trouver trop facile, avaient crié en dialecte napolitain, « *Dai, andiamo* ». Ils avaient alors plongé d'un commun accord, nous aspergeant au passage, après quoi tout le monde s'était jeté à l'eau.

Nina, tout cela est si frais dans ma mémoire, si proche et vivant, que j'en viens à me demander si à force de ressasser les moments passés ensemble, essayant d'en tirer des réponses, j'ai fini par les reconstruire à ma manière. Ai-je rêvé ce sursaut intérieur au contact d'Enzo ? Ai-je redessiné à ma convenance toute la scène, la rectifiant et la modifiant pour lui donner un sens que je suis aujourd'hui seul à connaître ? Le passé existe-t-il par lui-même ou se perd-il dans les méandres de nos souvenirs pour ne plus être qu'une représentation personnelle, et qui disparaîtra avec nous ? À celle-ci s'ajoute une autre question, plus obsédante encore ces derniers temps : à quoi ai-je jamais pensé d'autre qu'à toi ? Même quand il me semblait que je n'y songeais pas, c'est toi, Nina, qui étais ma musique de fond, le son de clochette qui me ramenait à moi-même et à ce noyau que je t'avais ouvert dès ce premier jour. Mais Nina... pardon d'en douter... si en recevant cette lettre tu n'allais pas comprendre ? Si tu te disais que rien ne nous lie qu'une vieille amitié d'enfance ? Si tu avais tout oublié, nos étés et nos regards et nos chansons – toi qui m'enseignais l'italien et moi qui me trompais exprès pour te faire rire ?

Je les connais encore par cœur, ces chansons, une phrase des Pooh notamment, ce groupe qu'on entendait en boucle dans les juke-box et les transistors : *Aspettando che il tuo gioco diventasse amore, /E che una donna diventassi tu, /Noi due nel mondo e nell'anima, /La verità siamo noi,* Attendant que ton jeu devienne amour, et que tu deviennes une femme, maintenant c'est nous, dans le monde et dans l'âme, qui sommes la vérité. Ça te plaisait, l'arrangement du Minimoog, tu trouvais ça moderne, et moi qui à Paris avais commencé à écouter les Beatles et les Stones, *ti prendevo in giro*, je me moquais gaiement de toi. Ces Pooh, je les trouvais décalés, provinciaux… et je me répétais leurs paroles en secret. Je crois que j'ai appris l'italien en te parlant tout bas, en refaisant cent fois mes phrases jusqu'à ce qu'elles soient polies comme des galets, sans jamais les prononcer, car je devenais aphone dès que tu étais à mes côtés.

Je regrette maintenant de ne pas avoir mis mon cœur à nu devant toi, comme je regrette de ne pas avoir interrogé tes silences, de ne pas avoir été plus audacieux, de m'être retranché derrière mon orgueil de gamin et de ne pas avoir eu confiance dans ta tendresse. Je regrette de ne pas t'avoir retenue, de ne pas avoir tout fait pour que rien ne nous sépare. Si « la mesure de l'amour est d'aimer sans mesure », comme le dit Bernard de Clairvaux, alors je n'ai pas su aller dans la démesure qui, seule, nous aurait réunis.

Ma Nina. Je serais resté avec toi jusqu'à notre dernier jour, le tien, le mien, si tu l'avais voulu. Je ne l'ai dit à personne d'autre, jamais.

4

L'aube se lève, lavée par la pluie de la nuit. Les feuilles des platanes de la rue de Médicis brillent dans la brise joyeuse du petit matin. Adrien ne voit rien de tout ça. Il s'est endormi il y a une heure à peine dans l'ample bergère qui fait face à son secrétaire, la main posée sur la tête de son chien qui en a profité pour grimper près de lui, occupant presque toute la place dans le vieux fauteuil de cuir éraflé. Le souffle de l'homme endormi est calme, sa poitrine se soulève paisiblement. On dirait qu'il rêve, et Gaston, qui bondit à terre et se plaint, n'arrive pas à le réveiller. Alors il se recouche sur le tapis à ses pieds, les oreilles cachées entre les pattes comme s'il n'avait aucune envie d'entendre le bruit léger qui sort de la gorge de son maître. Le rire d'un enfant.

Dans la pièce bientôt baignée de soleil, rien ne rappelle le geste qu'Adrien s'apprêtait à accomplir. Le verre de whisky est vide, propre, renversé à côté de l'évier, les lettres et le testament ont disparu dans les profondeurs d'un tiroir. Adrien dort à poings fermés, comme cela ne lui était pas arrivé depuis longtemps. C'est ainsi que Rose le découvre lorsqu'elle arrive à l'appartement, vers neuf heures. Gaston jappe à son arrivée, lui faisant fête comme jamais.

5

Nina,

Te souviens-tu de ce que nous répondions lorsqu'on nous demandait ce que nous voulions faire plus tard, quand nous serions « grands » ? Alors que tu répliquais, enthousiaste, « danseuse et éleveuse de lucioles », je restais muet. Mais, Nina, à toi je n'ai jamais rien caché de la passion qui me dévorait. Je voulais être, ou plutôt devenir, écrivain.

Hier soir, je n'ai pu continuer à te parler car je tombais de sommeil, mais j'étais heureux de t'avoir retrouvée, n'était-ce que par le biais d'une feuille de papier. Pourquoi seulement maintenant, après avoir tant attendu ? Peut-être parce que je n'ai plus rien à perdre. Il fallait que j'arrive à cette ultime falaise et que je contemple l'abîme pour le trouver, tout compte fait, pas aussi effrayant que je le croyais. Veux-tu que je te fasse un aveu ? C'est à travers toi, enfant, que j'ai pris la pleine mesure de mon envie d'écrire. J'ai griffonné tellement d'ébauches de poèmes, de bouts de phrases, de mots épars pour tenter de te dire mon amour… Mais c'est à cause de toi également que j'en ai été plus tard incapable, puisque tu n'as jamais répondu à la longue lettre que je t'ai écrite, devenu adulte. Mille fois, deux mille fois, un million de fois je me suis demandé en quoi dans cette lettre j'avais pu me tromper, et si mes paroles t'avaient, d'une manière ou d'une autre, offensée. Si tu avais trouvé mes propos dérangeants. Si, pire que tout, tu en avais été ennuyée, si tu avais eu pitié de moi, pourquoi pas, et si tu m'avais, par ton silence, épargné une réponse qui m'aurait blessé. C'est peut-être pour cela que j'ai renoncé à écrire. Mais curieusement, c'est encore toi qui, hier soir, m'as fait me réconcilier avec ce rêve, le plus vital, le plus ancré. J'ai tant de choses à te dire, Nina, tant de choses à te faire partager, qu'il me faut remettre ma décision d'en finir à plus tard. Après tout, quand on n'a plus le temps, une autre dimension s'ouvre devant vous.

Je me vantais, enfant – et c'était vrai –, du fait qu'on lise mes rédactions en classe. Tu m'écoutais, effarouchée par tant d'assurance.

Je découvrais l'admiration dans ton regard. Tu étais sûre que j'y arriverais, tu appelais l'écriture mon « tiroir aux papillons ». J'en ai noirci, des cahiers pour toi, mon épuisette ! Je me souviens de l'un de ces textes en particulier. Comme les autres, je ne te l'ai jamais montré : « Allongé contre toi je suis terre qui demande la pluie. Ton soupir un duvet des feuilles vertes, le ciel un cri. Sur ta peau qu'irradie le silence est ma joie. Mon poison s'assagit. Je bois à la source de la vie. » Poème d'adolescent, sans doute, et mépris de la métrique, et prétention aveugle, mais jubilation aussi, et fièvre, et quelle avidité, quelle soif ! Je n'ai jamais réussi à retrouver cette audace, cette effronterie candide. Cette légèreté enjouée.

J'ignore ce qu'il en est de tes ambitions. Moi, les miennes m'ont échappé. La gangrène de la honte les a gagnées et m'a paralysé. Cette lettre que je t'ai envoyée et à laquelle tu n'as jamais répondu a marqué les confins. Avant, il me semblait que tout était possible. Je n'avais qu'à me pencher sur une feuille pour que ma voix jaillisse avec aisance et fluidité, pour que mon âme brûle la page, l'envahisse, la consume, ne laissant subsister, à la fin, que la musique du langage. Mais ce n'est pas parce qu'on sait coucher des paroles sur un papier, sans fautes d'orthographe ni erreurs de syntaxe, qu'on est capable de faire entrer l'autre dans ses émotions, ses sentiments, ses pensées les plus secrètes. Les plus universelles aussi. L'as-tu remarqué ? Les bons écrivains nous rendent plus intelligents. Moi, j'ai échoué. Si tu n'étais pas touchée par mes mots, toi qui me connaissais mieux que quiconque, alors personne ne pouvait l'être.

Nina, pourquoi ? Pourquoi as-tu rejeté, avec cette lettre, ce qui était le plus sincère, le plus pur en moi, mon amour pour toi ? J'ai tellement attendu que tu me fasses signe. J'avais vingt et un ans. C'est si près et si loin à la fois. Je répète cette phrase parce qu'elle est vraie, parce que la vie n'est pas une ligne droite, et qu'on respire dans ses méandres de manière fragmentée, avec des allers-retours, des accélérations insensées et des ralentissements qui nous figent pour longtemps. Le corps change, c'est vrai, on acquiert des comptes en banque et des responsabilités, mais l'enfant qu'on a été demeure en nous tout le long de notre vie.

6

C'est à nouveau le soir. Après avoir embrassé Rose sur le pas de la porte et avalé une pizza, Adrien ressort sa lettre à Nina, cachée dans le secrétaire lorsque l'ancienne gouvernante a soudain fait irruption dans son bureau quelques heures plus tôt. Rose s'est encore mis en tête de rapprocher les deux frères et entend profiter de l'accident d'Adrien. Cette absence de communication entre eux est tellement absurde ! Elle a supplié Adrien d'écrire ou de téléphoner à Nicolas pour l'inviter à lui rendre visite. Et Adrien lui a une nouvelle fois rétorqué que c'était Nicolas, et non lui, qui était à l'origine de leur brouille, et que c'était à son frère de prendre l'initiative d'une réconciliation. Adrien connaît trop bien Nicolas pour savoir que son orgueil l'en dissuadera, et n'a guère envie de faire le premier pas à sa place. De fait, il a fini par s'habituer à ce silence. Des nouvelles lui parviennent régulièrement par l'intermédiaire de Rose, et il se dit qu'il ne le contactera qu'en cas de force majeure : si son frère, sa belle-sœur, son neveu ou sa nièce tombent gravement malades, par exemple. Certes, cette décision ne le satisfait pas pleinement. Il a mauvaise conscience : il aurait vraiment aimé faire la paix avec Nicolas avant de partir. Il a la nostalgie de leurs bagarres pour rire, de leurs blagues de potache à usage intime, de leurs plaisanteries idiotes. Mais, dans cet état d'esprit contradictoire, il a aussi envie de l'épargner : il se dit que la souffrance de son frère serait plus cruelle encore après son suicide, et qu'il vaut mieux ne pas changer d'attitude.

Adrien regarde la nuit tomber par la fenêtre ronde de son bureau, un œilleton ouvert sur le ciel qui l'a toujours enchanté. Son esprit peut enfin revenir à Nina, et bientôt il n'y a plus que ça, la soif et le désir qui courent sur le papier, des mots qui volent et dansent, à travers lesquels il se sent, plus que jamais, respirer.

7

La journée que je viens de passer a été bien étrange, ma Nina. J'ai eu l'impression d'être un somnambule, de marcher au fond de la mer ou sur la Lune. La sensation d'apesanteur était telle qu'il a fallu que je boive quelques verres de vin pour retrouver ma gravité. Ce qui me rendait si léger, si peu attaché à la Terre, si aérien d'une certaine manière, c'était toi, et le fait de te retrouver ce soir comme si tu étais en train de m'écouter. Comme si, courbée sur moi, la tête posée sur mon épaule, tu lisais ces mots à mesure qu'ils s'écoulent de ma plume sur le papier.

Les images de nous deux ressurgissent les unes après les autres, je peux même sentir les odeurs, les saveurs. La fois où, assis sur un muret, nous avions mangé tant d'abricots – des abricots très mûrs, si fondants que le jus nous coulait entre les doigts – qu'on en avait eu mal au ventre. Nos mères nous avaient fait promettre de ne pas recommencer, et bien sûr, nous étions revenus deux jours après sur ce muret en pierre face à la mer. L'année suivante, il y aurait une cinquantaine de nouveaux abricotiers à cet endroit, tous ces noyaux recrachés allaient faire naître une forêt, m'avais-tu dit. Le plaisir de t'entendre évoquer le prochain été avait été si intense que je n'avais pu m'empêcher d'en frémir. Tu m'avais scruté – ton regard était tendre, amusé – et tu avais compris. Tu comprenais tout, Nina, sans que j'aie besoin de t'expliquer.

Je me souviens de chaque instant de ces étés. Peu à peu, tu te confiais à moi, en français quand tu trouvais les mots, en italien aussi, et il me revenait alors de comprendre, d'apprendre à te parler. Un soir, tard – j'avais treize ans, toi onze –, nous nous sommes échappés de nos chambres. Avec la pleine lune et les volets qui ne fermaient pas tout à fait, nous n'arrivions à dormir ni l'un ni l'autre. Ce devait être au mois d'août, il faisait si chaud que les cigales, confondues par cette lumière et cette moiteur, s'étaient à nouveau déchaînées. Je t'ai demandé pourquoi tu avais l'air si triste parfois, pourquoi souvent ta bouche riait alors que dans tes yeux je pouvais lire ton vague à l'âme. Tu es restée silencieuse, tordant un bout de cordage entre tes doigts, puis tu m'as dit, « *Vieni con me, ma non fare rumore* », Viens avec moi, mais ne fais pas de bruit. On est entrés dans le *palazzo*, tu m'as entraîné dans la cave, une gigantesque pièce voûtée. Là, beaucoup d'objets gisaient dans un grand désordre, couverts de poussière, et dans un coin, un drap blanc dissimulait quelque chose. Tu m'as demandé de t'aider à soulever cette espèce de linceul, et nous avons mis à nu un petit lit blanc qu'équipait une étrange bonbonne reliée à des tuyaux et à une sorte de moteur ou de batterie. Tu ne parlais pas, je me taisais aussi, surpris par cet appareillage médical neuf, brillant, prêt à servir. Inattendu. Toujours en silence, nous l'avons recouvert de concert et sommes ressortis. Tu m'as pris la main. C'était la première fois. À ce contact, ma peau s'est couverte de chair de poule, mon corps entier a vibré. Je n'osais pas enfermer ta paume dans la mienne, je n'osais même pas lever mon regard vers le tien. C'est toi qui, paisiblement, fermement, as entremêlé tes doigts aux miens, et alors une euphorie jusque-là inconnue m'a gagné. J'aurais voulu crier au ciel que je t'aimais, que tu m'aimais et que nous ne nous quitterions jamais, mais d'un geste un peu brusque de la tête tu m'as fait signe de te suivre.

Le sentier était clair comme en plein jour. J'ai tressailli en entendant l'ululement d'une chouette, tandis que les racines d'un figuier, menaçant dans cette pénombre, t'ont fait trébucher. Tu as laissé ta main dans la mienne, la serrant un peu plus fort.

Nous nous sommes assis sur les rochers, face à la mer. Tu as lentement, précautionneusement lâché ma main, et tu as enserré tes genoux. J'en ai ressenti un violent pincement au cœur. Puis tu m'as parlé d'une voix douce. Ton petit frère, Manu, m'as-tu expliqué, souffrait d'une malformation congénitale de l'aorte. Il pouvait mourir d'un moment à l'autre. Il n'y avait rien à faire pour l'instant, un peu plus tard on pourrait peut-être l'opérer mais ce n'était pas sûr, car son cœur ne cessait de faiblir. Tes parents avaient fait le tour des médecins. Il ne restait qu'à attendre et à espérer. Puis tu t'es relevée. À ton dos droit, ta nuque baissée, je devinais tes sanglots contenus. Un instant je suis demeuré immobile, ensuite je me suis mis debout aussi. Je t'ai regardée dans les yeux et j'ai failli te prendre dans mes bras. Hélas, une force égale à mon élan m'en a empêché : toujours cette maudite timidité, cette peur stupide de te heurter qui ont tant de fois bloqué ma tendresse envers toi ! Mais tu as su lire le désir dans mon regard, puisque tu as esquissé un sourire et de nouveau saisi ma main. En silence – un silence si plein –, nous sommes rentrés. Personne ne nous avait vus, personne ne savait que ce soir-là, nous étions devenus si proches que je croyais que plus rien ne nous séparerait.

Un peu plus tard, un matin de ce même été, je me suis réveillé très tôt. L'aube colorait quelques nuages en rose pâle, en rouge là où le soleil allait surgir. Ma nuit avait été quasi blanche, et pendant le peu de temps où j'avais dormi, j'avais fait des rêves indistincts. En me levant du lit, j'ai été foudroyé par une émotion brutale, extrême. Que m'arrivait-il ? Je n'y comprenais rien. J'étais heureux et malheureux en même temps, je transpirais et j'avais les mains, les pieds glacés. Jamais je n'avais ressenti quelque chose de semblable.

Sans que l'on me voie – qui l'eût pu ? Il devait être cinq heures, bien trop tôt pour que le *palazzo* s'anime –, je suis sorti. Près d'un verger aux arbres trop vieux pour donner encore des fruits, nos parents avaient installé un tuyau de douche et une baignoire de fortune – un tonneau vermoulu coupé en deux, patiné par le temps et la pluie. C'était là que nous ôtions le sel et le sable de notre peau en revenant de la plage. Je ne sais ce qui m'a poussé à marcher plus doucement. J'avais à la main une badine de bois vert avec laquelle je décapitais les belles-de-nuit sur le chemin. Je l'ai jetée. Je me suis immobilisé. J'ai reniflé cet air frais chargé de parfums de fleurs, de terre, de mer. Et je t'ai entendue.

Tu chantonnais, debout dans le tonneau, ta crinière noire dévalant ton dos – quand tu la rejetais en arrière, elle effleurait tes reins. Tu avais enroulé ta chemise de nuit autour de la taille et tu te passais un gros savon sous les aisselles et derrière la nuque, te penchant dans un mouvement souple qui envoyait sur ton épaule le rideau luisant et humide de tes cheveux. Moi, qui te voyais à moitié nue toute la journée, je suis resté tétanisé, et sans réfléchir, je me suis caché derrière un pan de mur. Tous tes gestes étaient innocents, si purs qu'ils m'ont évoqué ceux d'un chaton faisant sa toilette au soleil. En revenant me coucher, je me suis senti lavé, moi aussi.

Ma Nina, tant de souvenirs, de sourires et d'amour entre toi et moi. Pourquoi nous sommes-nous perdus ? Pourquoi en suis-je là, cette nuit ? Si mes paroles t'atteignent, j'aurai au moins réussi, une dernière fois, à être aussi près de toi que je l'étais alors.

Encore un mot avant de refermer cette lettre. J'hésite à donner le nom de malheur à quelque chose dont la plénitude est telle que je pourrais aussi bien l'appeler bonheur. Je me retrouve tel que j'étais ce matin lointain, je pleure et je souris en même temps, tout ce qui me fait mal me fait aussi du bien. Comme la peine et la joie sont liées ! Tu me rends vivant jusqu'au bout des doigts.

Un dernier souvenir, non, deux : le trèfle à quatre feuilles que tu avais cueilli pour moi, il n'y a pas longtemps que je l'ai perdu. Il s'est effrité entre les pages du livre – *Ada ou l'Ardeur*, de Nabokov – où je l'avais serré. Et puis nous deux faisant pipi sur les tomates du potager de nos voisins. Je ferme les yeux, je te revois accroupie. Toi, tu ne fermais pas les tiens, petite effrontée.

8

Ne plus rien attendre vaut-il mieux qu'attendre quelque chose qui ne viendra pas ? Cette question tourmente Adrien, qui n'arrive pas à dormir. Il a posé son stylo et en a nettoyé la plume avec un chiffon propre, des gestes qui en temps normal le rassurent, le calment. Il a une fois encore enfermé sa déclaration, qui s'allonge tous les jours, dans le tiroir du secrétaire et depuis, il ne fait qu'aller et venir dans l'ombre épaisse de son appartement. Gaston, intrigué, a suivi son maître du salon à la chambre et du bureau à la cuisine, puis il s'est rallongé et rendormi.

Adrien s'est couché aussi, mais son esprit ne cesse de ressasser le silence de Nina après l'envoi de sa première lettre, cette lettre qui aurait dû tout changer. Ce qu'il y a de pire dans le silence de l'autre, pense-t-il, c'est qu'il vous renvoie à vous-même, à vos peurs les plus profondes, à vos souffrances les plus inavouées. A-t-il rêvé ces regards chargés de promesses ? Pour lui, la rencontre de leurs deux âmes était une réalité, jusqu'au moment où cette osmose s'est muée en détresse. Serait-ce possible qu'il ait vu de l'amour là où il n'y avait que de l'amitié ? Nina ne l'a sans doute pas aimé, en tout cas pas comme lui l'a aimée, passionnément, de tout son être. Son esprit a été obligé de l'admettre, mais jamais son cœur n'a pu l'accepter. Et le doute revient, sournois. Quelle est la vérité ?

L'aube pointe lorsque Adrien s'assoupit, mais dans son sommeil troué d'impatiences il n'a qu'une hâte, faire revivre cet amour dont sa plume déroule le mystérieux fil rouge. Pour l'instant, le désir d'écrire a remplacé celui de mourir.

9

Nina,

Me voici en train de t'écrire pour le troisième soir d'affilée. Ces dernières journées, je ne les ai vécues qu'à travers toi et pour toi. Quand je bois du thé, je me demande si mon darjeeling te plairait ou si tu préfères le café, italienne que tu es. Si je lis un poème, je me dis que j'aimerais te le réciter, et lorsqu'un parfum effleure mes narines – aujourd'hui Rose m'a apporté un bouquet de... roses : des Pierre de Ronsard au cœur crémeux – je ne peux retenir mon émotion en me souvenant que, dans ce domaine, c'est toi qui m'as tout appris. Citronniers au tronc tordu, lauriers-roses croulant sous les gerbes blanches, cistes, lentisques, agapanthes, myrtes, aloès, caroubiers. En descendant à la plage, pendant plus de dix ans, tu m'as récité ces noms qui me sont peu à peu devenus familiers. Sur cette végétation impétueuse courait une fleur d'un bleu pâle dont tu m'avais un jour confié le nom austère, bourru, « comme si elle avait été baptisée par un botaniste de mauvaise humeur », m'avais-tu dit en riant. Le plumbago est devenu pour moi l'emblème de cette Méditerranée dans laquelle jamais je n'ai pu replonger sans penser à toi. À nous deux.

Aujourd'hui je me suis remémoré l'été où ton corps a hésité entre l'enfant que tu étais et la femme que tu deviendrais. Il est vrai qu'au cours de l'hiver précédent, tous, dans la bande, avions changé. Nous avions grandi d'une dizaine de centimètres et nous nous moquions, nous, les garçons, les uns des autres, car nos voix muaient. Toi, tu t'es transformée sous nos yeux. Je me souviens que John, qui n'avait jamais perdu son accent anglais mais parlait désormais admirablement l'italien, en perdait ses mots lorsqu'il s'adressait à toi. Andrea et Guido, les jumeaux, avaient commencé par t'éviter, comme ils évitaient Giada qui s'était métamorphosée en un beau brin de fille façon pin-up pour calendrier des années cinquante, et qui en jouait avec malice et une insolence qui nous – je parle toujours des garçons – était exaltante autant que douloureuse.

Le soutien-gorge rebondi de Patrizia aussi attirait nos regards brumeux et – oui – honteux. J'avais quinze ans, toi, treize. Enzo, qui en avait seize, se rasait tous les matins, et à la fin de la journée, ses joues laissaient déjà voir l'ombre de sa barbe qui repoussait. À mesure que le mois de juillet s'écoulait, la cohésion du groupe avait repris le dessus, même si nos jeux s'affolaient de tous les changements intervenus. Seule l'amitié entre Enzo et moi était problématique. Nos personnalités s'attiraient, mais nos rapports ne cessaient d'évoluer d'une drôle de manière. On aurait dit parfois que nous étions comme des frères, car sans doute nous nous aimions, tout en nous confrontant rudement l'un à l'autre sur tous les plans, et les plus bêtes : nous pariions sur celui qui resterait le plus longtemps sans respirer sous l'eau – je gagnais –, ou sur celui qui nagerait le plus vite – et là, c'était lui qui gagnait. Au ping-pong, aux boules, à la course, nous étions sur un terrain d'égalité. J'étais meilleur que lui aux échecs, mais il me damait le pion si j'ose dire avec sa guitare. Quand il l'embrassait – jamais mot ne colla plus à un geste –, plus rien ne pouvait résister à son charme. On aurait dit qu'il faisait corps avec son instrument, et les accords qu'il en tirait faisaient vibrer tout son corps. Sa poitrine devenait caisse de résonance, ses pieds et ses poings battaient le rythme pendant que, les yeux fermés, il improvisait des airs. La tête cachée entre nos genoux, nous pouvions rester sans bouger – nous, si remuants par ailleurs ! – des heures entières. Effleuré par la grâce, il nous tenait sous son joug. Là, il devenait ce qu'il était depuis toujours, le leader du « gang ». Et moi, je sentais que je n'y étais qu'un outsider, essentiel certes, mais à part. Cela me mortifiait, pourtant je ne pouvais que l'en aimer plus encore. Même si ça me faisait mal, même si j'en étais jaloux, car en te regardant je savais combien toi aussi tu étais touchée lorsqu'il jouait et chantait. Cet amour et cette jalousie n'ont fait que croître au fil des ans. Je crois qu'Enzo m'aimait et me jalousait tout autant, car s'il remportait déjà un franc succès auprès des filles, c'était toi, la plus secrète et certainement aussi la plus jolie du groupe, dont il désirait l'amour. Et il doutait, de lui et de toi. Il soupçonnait – à raison ? à tort ? – que cet amour m'était réservé. Il enrageait comme j'enrageais.

En août, il avait fait plus chaud que d'ordinaire, et même si nous étions habitués à ces températures caniculaires, nous étions constamment dans l'eau. Il y avait une plateforme non loin de la plage où nous descendions, une barge flottante qui était devenue notre club privé. Les adultes ne s'y risquaient plus depuis un moment, car nous l'avions totalement investie. De cette plateforme, Enzo, Guido, Andrea, moi, et même Ghibli et Rosario, lorsqu'ils n'étaient pas sur le bateau de pêche de leurs pères, plongions les uns après les autres, à la faveur d'une compétition de plus en plus audacieuse. Vous, les filles, applaudissiez nos figures les plus grotesques, et nous riions beaucoup. C'est ce rire qui nous tenait lieu de communication désormais, embarrassés comme nous l'étions par nos nouveaux corps, nos nouveaux secrets. Dans la torpeur des siestes, pendant lesquelles nous nous refusions à revenir à l'ombre de la plage, nous nous écroulions en grappes serrées, les uns sur les autres, à même le bois mouillé. Il suffisait qu'un coude entre en contact avec un genou, qu'un flanc côtoie une épaule, pour que la sueur trempe nos corps fiévreux. La mer était étendue à nos pieds, nous y glissions lorsque nous avions trop chaud, pour remonter vite nous mêler aux autres qui faisaient semblant de sommeiller, aux aguets. Les murmures se terminaient en fous rires, les déclarations mi-comiques, mi-graves, avaient remplacé toutes nos discussions. Nous appelions les baisers des « transferts de bave », nous piquions des colères boudeuses lorsque nous étions pris en flagrant délit de flirt.

Le seul qui restait silencieux, un peu en retrait, était ton petit frère. Il est vrai qu'étant un peu plus jeune que nous, le trouble dans lequel nous étions plongés lui était étranger, mais il n'y avait pas que cela. Ses lunettes lui faisaient de gros yeux qui nous mettaient mal à l'aise, car il nous observait de la même manière qu'il scrutait les insectes biscornus enfermés dans ses bocaux. Il était gentil mais distant, enfant trop réfléchi à l'écoute d'une musique que nous n'entendions pas. La nôtre était bouillonnement, rougeur subite, énervement – les cigarettes fumées en cachette, les premières étreintes entre John et Patrizia, Rosario et Giada. Nous dansions le soir, enlacés, parfois à trois ou quatre quand on en avait assez de jouer les amoureux, sur ces chansons qu'on entendait partout cet été-là, *Tu sei l'unica donna per me*, d'Alan Sorrenti, et un tube qui revenait, *Ti amo*, d'Umberto Tozzi.

Manu restait dans son coin. Il classait ses pots, ses boîtes, fredonnait les mélopées des enfants solitaires, bizarres ritournelles incantatoires. Enzo s'élançait d'éperons rocheux de plus en plus hauts. Je le suivais. Nicolas ne venait pas avec nous, faisait même semblant de ne pas nous voir. Je savais qu'il souffrait de vertige mais je crois qu'il nous en voulait de notre audace, lui qui ne se sentait pas ce courage. Je fermais les yeux en oscillant, peur et désir, défi et envie, avant de me précipiter dans le vide, alors qu'Enzo remontait déjà…

Décidément, je n'arrive pas à te laisser, même si je suis exténué. Encore un mot, alors : as-tu déjà remarqué comme ceux qui souffrent d'un chagrin d'amour – quelle expression banale pour décrire ce manque de tous les instants ! – ont des regards hantés ? Ils sourient au néant, choqués. On dirait qu'ils fixent quelque chose qu'ils sont les seuls à voir. Les larmes ne sont jamais loin, un rien suffit à les déclencher. Je crois que ce qu'on appelle « avoir le cœur brisé » est l'une des peines les plus communes, et qu'à l'heure où je te parle nous sommes des milliers à ressentir ce vide et cette envie de pleurer.

10

Depuis une semaine, Adrien a rajeuni. Nonchalant, il rejette ses cheveux un peu trop longs derrière ses oreilles, et sur son plâtre il a dessiné un cœur. Rose l'a regardé en secouant la tête sans rien dire, mais elle a souri quand elle l'a vu jouer avec Gaston, perplexe devant un glaçon que son maître lui tendait. Le chien l'a reniflé, saisi avec une grimace des babines, comme il le fait avec les mouches et les araignées, puis il s'est couché en le gardant entre ses pattes et l'a grignoté jusqu'à ce qu'il fonde tout à fait.

Adrien est fatigué, mais il n'a plus cet air lugubre qui lui collait au visage depuis la mort de Lolita et qui a fait si peur à Rose. « Comme c'est curieux, se dit la vieille femme, on le dirait soulagé d'un poids… » « Arrêtez de me surveiller comme ça, Rose ! Je ne suis pas une casserole de lait, je ne vais pas bouillir et déborder ! Ça m'énerve ! Je ne dors pas beaucoup, voilà tout. » « Ce sera long, se rassure-t-elle, s'il s'énerve, si on se chamaille, c'est qu'il va mieux. Dieu merci. »

Depuis qu'il a décidé d'en finir, Adrien déguste les jours et les heures comme jamais auparavant. La vie est revenue, forte de la conscience de la mort toute proche. Les couleurs sont plus violentes, le rire et les larmes ont une brutalité qu'il avait oubliée, les souvenirs, il peut les toucher, car le temps a été aboli. Des jours entiers, des nuits entières, Adrien va écrire. Sa lettre n'en finit plus, sa mémoire empile détails et faits, été après été. C'est un répit, un délai, d'autant plus tendre, d'autant plus cruel que, Adrien le sait, ce sera le dernier.

11

Ma Nina,

Tu sais ce qui m'a fait le plus de mal, ce qui m'a fait le plus de bien, toutes ces années ? Tu vas te moquer de moi, mais voilà : certaines chansons, certaines musiques m'ont aidé à surnager quand ça n'allait vraiment pas. Je me disais que d'autres en passaient aussi par là, et dans leurs paroles – *But do you really feel alive without me ?* Mais te sens-tu vraiment vivante sans moi ? –, dans leurs riffs à la guitare acoustique, je me retrouvais tout entier, avec mes sentiments difficiles à explorer, mes envies avouées et inavouées, et encore mes peurs, et ma timidité. Il y avait cette chanson qu'Enzo avait si bien apprise, *Layla*, et qui disait, *Please don't say we'll never find a way, and tell me all my love's in vain.* Eric Clapton, tu te souviens ? Yeux fermés, sur la plage, devant notre feu de bois flotté, Enzo pouvait la chanter pendant des heures. Il n'était pas snob dans ses goûts musicaux – moi, je l'étais, un petit Parisien qui frimait – et il pouvait passer de Clapton à Lucio Battisti, *Ancora tu*, *Amarsi un po'*, et même à Claudio Baglioni, *Questo piccolo grande amore, ce tee-shirt si fin que je pouvais tout deviner et ton air de petite fille, je n'ai jamais pu te le dire, mais tu me rendais fou...* Les autres autour de nous jouaient à l'amour, apprenaient le langage des corps, des baisers qui brûlent. Toi et moi restions silencieux, un peu gênés. Nous n'étions pas comme eux. Nous nous regardions. Nous nous parlions. Nous étions amis.

Les filles se pâmaient autour de ce feu de camp. Enzo n'y attachait pas une importance exagérée. À partir de seize ans, il avait commencé à sortir avec les jeunes touristes de passage. Je n'étais pas jaloux de ses succès. C'était mon ami malgré tout, je l'aimais parce qu'il était ce que je n'étais pas : tranquille et sûr de plaire, fanfaron et un peu canaille, gouailleur et beau, avec ses yeux mâles et enfantins à la fois dépourvus de la moindre insolence, et dont le regard avouait paisiblement le désir.

Je sais qu'il t'aimait aussi, à sa manière, mais ce qui existait entre nous deux était autre chose. On ne sortait pas avec toi, Nina. Tu étais une princesse interdite, un ange ébouriffé. On ne pouvait pas te toucher. Croyais-je. Mes rêves allaient plus loin, cependant. Inutile de te donner des détails plus précis. Le pur et l'impur cohabitaient. Je m'y étais habitué, car ton débardeur Fruit of the Loom collait à tes seins naissants, tes jeans Jesus étaient trop serrés... Tes pieds nus aux ongles de coquillage nacré, tes cheveux qui sentaient la mer et ce shampoing à la pomme verte à la mode cette année-là, me tenaient éveillé la nuit. Le matin, souvent, je n'osais pas te regarder.

Et puis un jour il y a eu cette étreinte. La seule. Ce rocher sous la lune, la mer argentée, le duvet clair de tes cuisses sous le short bleu, les trois grains de beauté en triangle sur ton cou, tes épaules moites et nues, fragiles comme les ailes d'un passereau. Nous nous étions assis côte à côte. Tu t'étais ébrouée et tes cheveux avaient frôlé mon cou. Puis tu t'étais blottie contre moi. Instinctivement j'avais alors osé faire ce que je désirais depuis toujours : passer mon bras autour de ton épaule et poser ma tête contre la tienne. J'avais effleuré tes pommettes et tes paupières de ma bouche, et nous étions restés ainsi, souffle court, peau brûlée.

12

Nina,

Je n'ai dormi qu'une heure, et me revoilà en train de t'écrire. Souvent je me suis demandé pourquoi je ne pouvais pas te laisser derrière moi, recommencer ma vie, me redonner une chance. Un nouvel amour, une nouvelle femme à aimer... Mais Nina, comment faire ? Elle n'aurait pas connu nos chansons ! Je ne me suis pas résigné tout de suite, pourtant. J'ai essayé, vraiment essayé, tu sais ? Il y avait un conte que tu détestais lorsque nous étions enfants, t'en souviens-tu ? C'était l'histoire d'une reine dont le cœur avait été touché par un éclat de glace. C'est ce qui m'est arrivé. Ces femmes qui sont tombées amoureuses de moi... Leur beauté, leurs baisers, leur peine, leur colère parfois, n'ont jamais pu me toucher durablement. L'une d'entre elles m'a dit qu'elle payait à la place de quelqu'un d'autre, que j'étais maudit. Et il est vrai que ton visage, ton sourire, s'interposaient toujours entre elles et moi.

Un souvenir encore, plus âpre celui-là : quand je te dis – et depuis le début de cette lettre, je te l'ai déjà dit plusieurs fois – que tu m'as manqué, ce n'est pas seulement dans la pureté, l'immatérialité des sentiments, mais aussi dans ta présence physique. Le désir de toi incendiait mes nuits, et j'aimais encore mieux me caresser en pensant à toi – et souvent, pleurer après – que faire l'amour à une autre. Même dans l'absence, tu vois, c'est encore toi que je préférais. Je t'ai aimée enfant, Nina, et jeune fille, puis jeune femme. Je t'aurais aimée vieille si j'avais pu. Je t'ai aimée d'être si brune de cheveux et si blanche de peau, d'avoir tes yeux verts un peu froissés le matin. Je t'aimais parce que je croyais que tu m'aimais aussi, mais j'ai continué à t'aimer même quand j'ai dû me rendre à l'évidence que tu ne m'aimais pas. Et peut-être, à la fin, était-ce vrai, ce que cette femme m'avait dit : si toi, qui avais tant de tendresse pour moi, tu ne pouvais m'aimer, alors personne ne le pouvait. Cette nuit aura été la plus difficile depuis que j'ai commencé à t'écrire.

13

Rose râle. Rose gronde. Rose soupire. C'est vrai qu'elle le connaît bien et qu'elle l'aime, son enfant brillant, son enfant malheureux, vrai qu'elle l'envoie souvent « sur les roses », aussi, comme elle dit – ce qui le fait bien rire, d'ailleurs –, vrai également qu'elle lui doit beaucoup, car jamais il ne lui a parlé comme à une domestique. Adrien la traite avec une tendresse parfois ironique, comme il le ferait d'une vieille amie quelquefois un peu dure à la détente. Mais il ne rit pas d'elle, il rit avec elle, et cela fait toute la différence.

C'est Rose qui lui a lu son premier Balzac, le soir, il y a si longtemps, à la place des contes pour enfants, elle qui lui a appris à lire, elle qui a pris sa main dans la sienne pour lui apprendre à écrire. Rose se rappelle aussi qu'elle avait gardé la lumière allumée toute la nuit et qu'elle ne l'avait éteinte qu'au petit matin, la dernière page des *Illusions perdues* avalée, lors de la scarlatine d'Adrien. C'était le premier roman qu'elle lui lisait en entier. Tout cela, ni l'un ni l'autre ne sont près de l'oublier.

Adrien sait que Rose le suit du regard dans son vagabondage à travers l'appartement, inquiète comme une mère chat. Lui n'attend qu'une chose, que le soir tombe et que sa gouvernante parte pour renouer son dialogue avec Nina. Les souvenirs se bousculent, s'ordonnent, le baignent tout entier dans le passé. Son cœur bat plus fort lorsqu'une image se précise dans son esprit. Sa lettre compte déjà plus d'une centaine de pages. Adrien se rend compte que, dès qu'il prend la plume pour écrire à Nina, les mots s'écoulent sans effort. Jamais il n'a eu cette facilité : chaque fois qu'il s'attaquait à une nouvelle, à une histoire qu'il avait envie de développer, la page blanche l'effrayait. Les grands livres l'oppressaient. Comment se faire confiance quand on lit d'excellents romans ? Ce qu'on peut écrire soi-même devient pitoyable par comparaison. Adrien, qui se reproche son snobisme littéraire, reconnaît néanmoins en secret qu'il est des jours où un bon polar vaut mieux qu'un Dostoïevski. Au cours de cette journée sans fin, il a grignoté *Le Fusil de chasse* d'Inoué, qu'il trouve admirable de concision, jeté un coup d'œil aux *Lettres de la religieuse portugaise*, qui lui a donné la nausée tant il s'y est retrouvé, ouvert, fermé et immédiatement oublié un Roger Grenier, rangé un Jim Harrison et un Ian McEwan qui traînaient.

Les heures s'égrènent avec lenteur. Combien de temps encore avant de retrouver Nina, ses cheveux noirs et ses yeux d'eau profonde, l'ange armé compassionnel sans lequel il meurt mais pour lequel il se doit de vivre, encore un peu ? Et puis Rose est enfin partie en ronchonnant. La nuit est de nouveau là, et avec elle la grâce, et les mots clairs qui caressent, quand bien même ils ne sauvent pas.

14

Ma Nina,

Te souviens-tu combien coûtaient les poissons de réglisse que tu aimais à la folie ? Une lire l'unité. Et les glaces à l'eau Arcobaleno qu'on suçait à la plage ? Trente. Les *figurine* Panini des joueurs de foot (la plus précieuse était celle de Gigi Riva, « *Rombo di Tuono* », roulement de tonnerre), qu'on échangeait avec les enfants du village ? Cinquante lires. La tranche de pizza blanche qu'on mangeait vers onze heures du matin ? Trente-cinq. Et surtout, le cône à la *panna*, la crème chantilly, qu'on achetait à la laiterie du village – et je revois tes yeux ronds et ta bouche en cœur ? Cinquante lires aussi. Pour la *paghetta*, l'argent de poche, mes parents s'étaient alignés sur les tiens : trois cents lires par semaine.

« De quoi gaspiller, non ? » m'avais-tu dit, malicieuse. Il est vrai que nous n'avions pas besoin de grand-chose dans ce « vert paradis des amours enfantines », un vrai éden, plutôt bleu que vert, d'ailleurs. Bleu translucide des nuits infinies, bleu argent du dernier bain le soir, bleu de tes cernes le matin où je t'ai quittée sans trouver le courage de t'embrasser, un 1er septembre, il y a si longtemps.

Bleu-gris aussi, comme ce 23 juillet 1980. Ce matin-là il y avait un peu de brouillard sur la mer, une brume de chaleur s'était levée à l'aube, épongeant les contours du village de Ravello, le rendant indistinct et vaporeux. Des façades d'aquarelle safran, des murs en dentelle mandarine. Pendant la nuit, un orage sec n'avait cessé de tourner, l'une de ces tempêtes sans pluie où le ciel s'embrase et se fragmente en escarbilles. Des foudres éclataient dans le noir où aucune étoile ne brillait, nous transpirions à grosses gouttes sur les rochers où toute notre bande était descendue pour goûter le spectacle. Cette fois-là, malgré l'heure tardive, Manu avait exceptionnellement obtenu la permission de venir avec nous. Il nous avait suivis jusqu'à la plage, aussi silencieux, aussi flegmatique que d'habitude. Étendu sur le sable encore brûlant entre toi et moi, il avait ajusté sa vision derrière ses lunettes et n'avait plus bougé. Lorsque, vers minuit, il a murmuré qu'il tombait de sommeil, nous l'avons laissé repartir en silence, trop heureux de nous retrouver sans chaperon.

Personne ne l'a vu rentrer, nos parents étaient déjà couchés à ce moment-là, et le lendemain, lorsque nous nous sommes rendu compte qu'il n'était nulle part – il avait pour coutume de refaire son lit au carré, comme un petit soldat –, lorsque nous avons commencé à l'appeler, lorsque nous avons commencé à avoir peur, nous ne l'avons pas trouvé. Trop pris par nos jeux, par cette saison tendre et brutale qui nous écartait de tout ce qui n'était pas nos corps nus, nos profils renversés, nous n'avions pas joué notre rôle d'aînés.

En fin de matinée le ciel s'est complètement dégagé, la brume a laissé place à la plus pure matinée de tout l'été, et un ballet d'hélicoptères et d'hommes-grenouilles a débuté. Tes parents voulaient croire que Manu avait eu un malaise, qu'il était revenu vers la maison et peut-être tombé en chemin. Des dizaines de fois nous avons monté et descendu les marches qui menaient à la mer, mais c'était trop tard, trop tard depuis le début, comme tu m'as dit. Il est rare qu'on puisse déterminer la fin d'un âge par une date précise. Notre saison dorée s'est terminée quand la mer nous a rendu le corps de ton petit frère. C'est un pêcheur qui l'a retrouvé en allant jeter ses filets. La marée était venue chercher son corps jusque sur la plage, la mer avait joué avec lui puis l'avait rejeté. Mais Manu ne s'était pas noyé. Son cœur s'était, simplement, arrêté. On dit qu'il y a un ange pour les enfants imprudents, mais, Nina, nous savons tous deux que parfois cet ange-là est distrait. « *Muor giovane chi è caro agli dei* », Meurent jeunes ceux que les dieux aiment, voilà une phrase italienne que je n'aurais jamais voulu que tu m'apprennes.

Notre été a été écourté. Vous êtes rentrés à Rome. « Je m'en vais avec ma famille, enfin ce qu'il en reste », m'as-tu murmuré en partant. J'avais peur que tu ne reviennes pas à Ravello, mais au mois de juin suivant, tes parents étaient déjà là quand je suis arrivé. Tu nous as rejoints quelques jours après, à la fin des cours. J'ai recommencé à respirer. Cette nuit-là, tu as jeté des petits cailloux sur mes volets. Je suis descendu, nous avons pris cet escalier dont je reconnaissais chaque pierre, chaque racine, jusqu'aux odeurs de fleurs qui nous accompagnaient – miel des genêts, amande fraîche des lauriers-roses, et ce figuier, juste à l'entrée de la crique, qui suintait un lait vert parfumé lorsqu'on en détachait une feuille, une sève qui collait aux doigts longtemps, troublante et poisseuse. Ensuite nous nous sommes assis par terre, si près de l'eau que les vagues venaient lécher nos orteils. La mer était sombre, liquide devant nos yeux. Il n'y avait pas de lune, juste une lumière diffuse, une clarté diaprée. Tu m'as raconté que tes parents t'avaient demandé ce que tu pensais de ce retour sur les lieux où vous aviez été si malheureux. Tu avais répondu exactement ce qu'ils voulaient entendre – tu en avais l'intuition : être à Ravello, au *palazzo* Scarpariello, c'était comme continuer de vivre avec Emanuele. Vous aviez été si chanceux d'avoir joui de ce temps avec lui qu'il fallait rendre grâce de ce cadeau, leur avais-tu dit. Même s'il n'était plus là, l'amour que vous aviez toujours pour lui continuait de vous garder unis. Tu m'as raconté tout ça puis, après un moment de silence, tu as ajouté, en détournant les yeux : « Sans compter que je n'aurais pas supporté de ne plus te voir, de ne plus passer mes étés avec toi. Déjà que Manu me manque, je ne me voyais pas continuer à vivre sans toi… » Une pointe acérée a pénétré ma poitrine. Je suis resté immobile, glacé d'effroi. Toujours sans me regarder, tu as repris : « Sans Enzo, sans ton frère, sans John, et Giada et tous les autres. Qu'est-ce que j'aurais fait, seule, tout l'été ? »

Tu sais, ma chérie, si tu n'avais pas poursuivi ta phrase de cette manière, si tu t'étais arrêtée juste avant, je crois que, aujourd'hui, je n'en serais pas à regretter tout ce que je ne t'ai pas dit. Cette lettre n'existerait pas, ni celle à laquelle tu n'as jamais répondu. Je t'aurais prise dans mes bras, et je t'aurais tout avoué.

Le rite qui a suivi, quelques jours après, était singulier, j'en conviens. Lorsque notre bande a été au complet, nous avons tenu un conciliabule, et décidé de saluer Manu à notre manière. Nous sommes tous descendus de notre plateforme et avons formé un cercle dans l'eau en nous tenant les mains. Nous avions accroché des poids à nos pieds, et nous sommes allés nous asseoir sur le sable blanc, tout au fond. Nous avons retenu notre souffle aussi longtemps que possible, puis nous sommes remontés. Tu as lâché ma main en nageant vers la surface. Celle d'Enzo aussi. Tu étais assise entre lui et moi.

15

Après ces longues nuits de murmures brûlants, les journées sont fragiles et engourdies. Adrien vit dans une maison de verre où les sons parviennent assourdis, où les images tournent dans un kaléidoscope qui résonne de rires perdus, de bruits de vagues, de souffles de vent chaud dans les herbes calcinées par des étés disparus.

Nicolas a appelé aujourd'hui. Rose, qui a décroché le téléphone, a couru prévenir Adrien, mais il était sous sa douche. Après un long temps d'hésitation, Adrien a fini par rappeler son frère. Lorsqu'il s'est aperçu qu'il tombait sur sa messagerie, il a raccroché précipitamment, ne sachant que dire. Nicolas n'a plus rappelé. Fixant sans les voir les joggeurs qui passent sous sa fenêtre, Adrien se demande pour la énième fois ce qui a pu se passer entre eux à la mort de leurs parents.

Ce qui couvait a explosé à ce moment-là. L'accident d'avion qui a tué leur père et leur mère – ils étaient si contents d'aller voir les gorilles au Rwanda, c'était le cadeau de Noël qu'ils rêvaient de se faire depuis toujours – a terrassé les deux frères qui ont réagi chacun à sa manière, selon son caractère : Nicolas a maudit le ciel, Adrien, à son habitude, a caché sa souffrance, la gardant pour lui seul. Qu'est-ce qui l'a empêché de prendre Nicolas dans ses bras et de le laisser pleurer, même si ses pleurs à lui ne coulaient pas ? Pourquoi n'a-t-il pas laissé libre cours à la peine qui l'a pourtant envahi si totalement que pendant des nuits entières il est demeuré les yeux ouverts à contempler le plafond de sa chambre, la poitrine dans un étau, sans trouver un instant de repos ? Tout ce qu'il sait, c'est qu'il lui semble que si un jour il commençait à pleurer, il ne pourrait plus s'arrêter.

Nicolas a certes été choqué par l'apparente distance de son frère, mais sa colère a vraiment éclaté chez le notaire, lorsqu'il a découvert le testament : les parents lui léguaient leur appartement parisien et laissaient à Adrien la maison de campagne, celle des week-ends de leur enfance, qui valait sans doute moins que le beau cinq-pièces de la rue des Plantes mais qui était sentimentalement et symboliquement tellement plus importante ! Pourquoi ce choix ? Ses parents montraient-ils ainsi qu'ils préféraient leur cadet ? Lui qui n'avait pas même versé une larme à la nouvelle de leur décès ! Adrien aurait pu proposer à son frère d'échanger les biens hérités, mais il tenait lui aussi à cette maison et la réaction violente de Nicolas, qui a quitté l'office notarial sans le saluer, a eu pour effet de le conforter dans cette position attentiste. Il s'est certes reproché sa rigidité, se disant que la vie est souvent faite de ces petits riens qui finissent, en une suite de réactions et de malentendus, par devenir des obstacles immenses, mais il n'a pas fait marche arrière.

La journée traîne. Le soir est long à venir. La lettre pour Nina attend au fond du tiroir, frémissante de vie, comme si elle était écrite avec son sang, sa chair, ses dernières énergies.

16

Tout au long de ces années j'ai pensé, Nina, à ce que je te dirais quand on se reverrait. Quelle serait la première parole que je prononcerais ? J'ai passé en revue toutes les manières que j'aurais eues de te regarder, et même les vêtements que j'aurais mis ce jour-là. Mais ce jour n'est jamais arrivé, et je ne sais toujours pas quels mots j'aurais choisis pour que tu saches que tu es tout ce que j'ai voulu, et que j'ai aimé chez toi jusqu'à tes petits défauts, ta dent ébréchée et tes ongles qu'en cachette, à la fin de l'adolescence, tu rongeais. J'espère que tu as arrêté.

Il y a une dizaine d'années, je n'ai pu m'empêcher de chercher ton nom sur Internet. Rien. Même dans l'annuaire. Je me suis dit alors que tu t'étais sûrement mariée. Et puis, quelques années plus tard, j'ai croisé par hasard Giada à Paris. Toujours aussi belle. C'est elle qui m'a donné ta nouvelle adresse, celle où je vais t'envoyer cette lettre. Mais elle n'était pas seule et semblait si pressée que je n'ai pu en savoir plus sur toi. Quand je lui ai demandé : « Et Nina ? » elle a souri, a griffonné ton adresse et a juste ajouté : « Elle va bien, je crois », avant de s'enfuir en lançant un « Ciao » de la main. Longtemps j'ai gardé ce bout de papier, me demandant si j'allais avoir la force de t'écrire à nouveau. Il a fini au fond du tiroir de mon secrétaire.

Est-ce que tu te rendais compte que je te buvais des yeux ? Est-ce que tu t'étais aperçue que quelqu'un d'autre t'observait de près ? De trop près, d'ailleurs, et je ne le supportais pas. Je ne voulais pas m'appesantir sur cela les nuits précédentes, mais ce soir, je ne sais pourquoi, impossible de me taire.

Je t'ai raconté la première fois que je t'ai vue nue, ce matin où tu te lavais dans le vieux tonneau, il faut maintenant que je te raconte autre chose. Il y a eu un été où nous, les garçons de la bande, sommes devenus tout à fait fous. Les rires et les plaisanteries n'arrivaient plus à masquer suffisamment notre embarras, parfois nous ne pouvions même pas sortir de l'eau ou nous relever quand nous étions allongés sur les rochers si Giada, Patrizia, Ivy et toi étiez trop proches. Cela ne nous gênait pas outre mesure, nous nous étions fait des confidences et nous nous serrions les coudes pour ne pas vous choquer avec nos ardeurs intempestives. Nous arrivions plus ou moins à sauver la face grâce à l'humour de John et au culot de Nicolas. Cette assurance tranquille que mon frère avait toujours eue – sauf en ce qui concernait son vertige, sa grande phobie – s'était muée en cran : à l'adolescence, il avait gagné un aplomb, une aisance toute nouvelle. Il était beau gosse et drôle, impertinent mais pas irrespectueux. Les filles l'appréciaient, surtout les plus jolies dont il se moquait gentiment et qui l'en aimaient d'autant plus, soulagées par sa légèreté, habituées qu'elles étaient aux mélodrames amoureux. Le désir, je l'ai découvert très tôt, rend parfois bêtes les plus brillants d'entre nous. J'ai souvent été stupéfait de voir à quel point la convoitise sexuelle peut s'emparer d'un homme intelligent pour le transformer en idiot. Quoi qu'il en soit, j'avais été surpris par cette nouvelle facette de mon frère. Une fois, une seule, Nina, j'ai failli en venir aux mains avec – tu t'en doutes – Enzo.

C'était l'époque de nos premières bières, des premières cigarettes entre garçons. Nous nous retrouvions souvent après l'extinction des feux dans un cabanon près du *palazzo*, une sorte de ruine qui avait dû servir autrefois de repaire aux bêtes et aux hommes, et dont il ne restait qu'un foyer noirci et quatre pans de murs sans porte. Nous y avions apporté quelque confort : deux vieux matelas que nous avions recouverts de toiles de plage, des bougies fichées dans des bouteilles vides, des bandes dessinées pour adultes. Un soir, Enzo est arrivé en dernier, un peu éméché, avec une bouteille qu'il venait d'entamer et que nous nous sommes passée pour boire au goulot. Une fois le vin terminé et les habituelles plaisanteries échangées, Enzo est reparti en trébuchant sur le seuil et en lançant à la cantonade ces mots : « Vous avez tous sur les lèvres, maintenant, un peu de la saveur de Nina. » Lorsque, sonné, je suis sorti derrière lui, je ne l'ai pas trouvé. Il s'était évanoui dans la campagne silencieuse. Nicolas m'a rejoint sur le muret où je m'étais assis, le souffle court, et a posé une main sur mon genou. Je lui ai été reconnaissant de ne pas me poser de questions.

Tu sais quoi, Nina ? Si Enzo était là, devant moi, cette nuit, je lui casserais la figure. Plus de trente ans après, je te le jure, je le ferais. Mais ce n'est pas vrai, n'est-ce pas ? Dis-le-moi, je t'en prie, qu'il ne t'a pas embrassée.

17

Adrien bâille. Rose, arrivée plus tôt que d'habitude, l'a trouvé penché sur son secrétaire, relisant une lettre écrite à la main avec le stylo-plume dont il se sert depuis toujours. Adrien est un maniaque de l'écriture, c'est un spécialiste des écrits autographes, dont il a fait son métier. Il a découvert, au cours de sa carrière, des perles rares : une lettre d'amour de Colette à un jeune homme – une jeune femme ? – non identifié, une partition annotée par Chopin, un chapitre que Laclos n'a pas jugé bon d'inclure dans *Les Liaisons dangereuses*. Les ventes aux enchères l'ont toujours excité : c'est une chasse au trésor où il y a plus de vieilles marmites au fond noirci que de chaudrons remplis d'or, mais Adrien a eu de la chance. Sa dernière trouvaille est un inédit de Saint-Exupéry griffonné en pattes de mouche, indéchiffrable au premier abord, un texte presque sans ratures qui s'achève par le mot « fin » – et Adrien sait qu'aucun auteur n'écrit cela si ce n'est par une sorte de tendre autodérision – bref, ce mot clôt une nouvelle entière, un court roman dans son intégralité.

Rose peut respirer. Tout est rentré dans l'ordre. Adrien, qui l'épie, se félicite. Ses petites ruses fonctionnent, la vieille femme est rassurée. Il se lève de table et la suit à la cuisine pour boire un thé avec elle. Il sait que tout ceci est un leurre. Le sursis arrive à son terme. Ce soir, Adrien va mourir, « pour de vrai », comme disent les enfants. Les flacons sont déjà sortis, en sécurité dans son tiroir secret. Encore quelques heures à attendre. Ce soir, lorsque Rose sera repartie, il sera temps de terminer ce qui attend de l'être depuis plusieurs jours.

Un feu de cheminée, même si l'air est tiède. Un verre de vin à la belle robe grenat. Gaston joue avec un bout de bois, le grignote les yeux mi-clos. C'est l'heure solitaire où même Paris est silencieux, une heure douce aux gens sereins, cruelle à ceux qu'un mal ronge. Adrien rêve, boit une gorgée, s'étire. Il va bien. L'âme humaine est imprévisible. Elle se braque devant de menues contrariétés, demeure égale face aux grands gestes.

Adrien ressort le mot pour Rose et ajoute une nouvelle note en bas de page : « J'ai oublié de vous faire une dernière recommandation, Rose. Je vous laisse plein pouvoir sur toutes mes affaires. Dans le tiroir de mon secrétaire, vous trouverez les noms d'habitués qui seront ravis de vous racheter certaines lettres manuscrites. Négociez, ne craignez pas d'être dure : à côté de chaque document, je vous ai noté une indication de sa valeur. Commencez par le prix le plus haut, ainsi mes clients auront-ils l'impression que vous leur ferez une faveur lorsque vous le baisserez. C'est la loi du marché, ma chère Rose : ne vous laissez jamais, jamais, impressionner, quoi qu'ils puissent dire. Et maintenant, adieu. »

18

Ma Nina,

Comme tout ceci est dérisoire. Moi qui ai toujours voulu écrire, qui aurais aimé parler au monde entier, je n'aurai finalement rien rédigé que deux lettres pour te dire mon amour. Personne d'autre ne me lira, et j'ignorerai à jamais ce que ma seule lectrice en pensera.

Ce qu'il me reste à te dire après tous ces souvenirs partagés est mon dernier petit secret. Rien de bien important, mais c'est quelque chose qui m'a hanté. Sais-tu de quoi il s'agit ? Tu ne peux pas le deviner… C'est l'odeur du talc Roberts que tu mettais après ta douche, le soir. Je te humais comme on le ferait d'un gâteau, je t'aurais reniflée de la tête aux pieds si tu m'avais laissé faire. Voilà ce que j'emporterai tout à l'heure : ton odeur de propreté, la seule chose de toi à m'avoir appartenu.

Tu m'as appris une prière lorsque nous étions enfants – et moi, qui ne suis pas croyant, je me la suis toujours rappelée : « *Angelo di Dio, che sei il mio custode, illumina, custodisci, reggi e governa me, che ti fui affidato dalla pietà celeste* », Ange de Dieu qui êtes mon gardien, éclairez-moi, gardez-moi, guidez-moi et sauvez-moi, vous à qui je fus confié par la miséricorde divine, amen. Je la réciterai en partant. Si Dieu existe, peut-être aura-t-il pitié de moi.

Je n'ai aucune idée de ce que peut être la mort, mais c'est dans la paix que je vais la chercher, avec même un peu de curiosité. Tout ceci n'aura sans doute bientôt plus de raison d'être dans ce monde où mes pensées, mes joies, mes peines et mon amour seront calcinés, réduits en cendres, en poussière, et dispersés à tous les vents. Mais bien des heures, bien des jours plus tard, quand cette lettre te parviendra, quand tu me liras, à toi qui resteras en vie après que je ne serai plus, ces mots parleront encore de moi, et du manque de toi. Ils te rediront cette chose vaine, cette chose merveilleuse : l'amour que je t'ai porté. Sais-tu, ma Nina ? Tu as été mon premier et mon seul amour. *Verrà la morte, e avrà i tuoi occhi.* Je ne sais plus quel poète italien a écrit cela, mais c'est une phrase que je me suis, un jour, promis d'employer : « La mort viendra, et elle aura tes yeux. »

Ainsi soit-il, ma chérie.

19

Une heure du matin. Adrien glisse sa longue lettre pour Nina dans une enveloppe sur laquelle il a inscrit son nom et son adresse postale. Il introduit le testament dans une seconde enveloppe au nom de Rose et place les deux plis bien en évidence sur le secrétaire. Le verre de lait mélangé aux barbituriques projette son ombre sur les enveloppes scellées. Soudain, comme il y a quelques jours, Adrien perçoit un bruit et tourne la tête vers la fenêtre.

Ce qu'il découvre, c'est le noir absolu, profond, de la nuit. La vitre en paraît argentée, mais lorsqu'il s'approche, elle lui renvoie le reflet de son propre visage effilé, ravagé. Ses pupilles ont une expression qu'il n'a jamais vue auparavant. Elles sont creusées, obscurcies, un ciel d'orage avant le déluge. Il appuie son front sur la fraîcheur des carreaux pour que l'angoisse cesse, pour retrouver la sérénité conquise il y a une heure à peine. Sans succès. Lorsqu'il s'éloigne de la fenêtre, d'un dernier battement de cils il perçoit autre chose, et soudain, ce sont les yeux de Nina qui le fixent. Il reconnaît l'iris vert, haut placé, la pâleur des paupières aussi étirées et bombées que celles de certaines Indiennes. Un long instant suspendu il y croit, puis c'est à nouveau son propre visage reflété par le noir. Et à nouveau se fait entendre ce bruit, comme si quelqu'un frappait aux carreaux. Gaston, inquiet, se lève, s'approche de lui, frotte son museau contre ses genoux. Adrien, aveuglément, caresse son chien qui gémit. Étrange, quand même, ce tapotement répété. On pourrait penser que des oiseaux cognent contre la vitre. Il sourit de son sourire sarcastique, celui qui fait si peur à Rose. Peut-être tout ceci n'est-il qu'une dernière ruse de son esprit pour le détourner de son projet. C'est vrai qu'il pourrait encore faire marche arrière, jeter sa mixture mortelle dans l'évier. Attendre qu'on lui ôte son plâtre, réapprendre à marcher, à courir, remonter à cheval peut-être – oublier Nina et recommencer à espérer. Tomber amoureux aussi, il n'est pas vieux, on en a vu, des hommes de son âge, fonder une famille et être heureux. Il lui faudrait une jolie fille qui croit au prince charmant et veut des enfants, pourquoi pas… Et puis revoici le bruit et le reflet sur la vitre, et ce sont à nouveau les yeux de Nina, sa bouche rouge et blanc, les trois grains de beauté sur son cou, et ses cheveux, sombres serpents sur ses tempes. Son odeur de talc envahit Adrien, et aussi, et surtout, celui de son corps sur le bois de la plateforme, tout près. Elle le prend par la main pour faire une bombe, tous deux sautent dans l'eau en même temps, soie froide, moiteur, elle remonte à la surface et s'arrête sur l'échelle, juste devant lui. Il ceint sa taille de ses bras, fraîcheur mouillée, ardente sous ses doigts. Elle se retourne alors et dans ce même mouvement ses lèvres se posent sur les siennes.

Une larme tombe, solitaire, goût de sel dans la bouche. Nina n'est pas là, elle ne le sera jamais. Adrien regarde sa montre. À quelques minutes près, c'est l'heure de sa naissance. Il le constate et sourit encore, tristement amusé par ce détail, puis lève son verre et avale le lait empoisonné d'un trait.

20

Tout est azur. Si Adrien regarde vers le haut, il voit une lumière blanche, trop éblouissante pour qu'il puisse la fixer longtemps, s'il regarde vers le bas, c'est un bleu plus soutenu qui se perd dans le noir tout au fond. Mais qu'est-ce qu'Emanuele fait là ? Il n'y a personne d'autre, rien que des étoiles sombres, minuscules, qui bougent lentement autour de lui. Ça lui revient, ce sont des poissons, des labrus, Nina lui en avait dit le nom autrefois. Et voici qu'Emanuele lui sourit, il semble heureux de le voir, et ses yeux… Ses yeux sont comme ceux de sa sœur, gris doré, vert d'eau, mouvants dans cette lumière de lune. Qu'est-ce qui a changé chez lui ? Il n'a pas ses lunettes, et Adrien ne l'avait jamais vu qu'avec les fonds de bouteille qu'il relevait d'un coup sec sur son nez. Il lui tend la main maintenant.

Adrien va vers lui tandis qu'il murmure quelque chose en souriant, quelque chose qu'Adrien n'entend pas. Alors il s'approche encore et Manu prononce distinctement ces mots : « Chaque battement de cœur peut être le dernier », puis un courant plus fort aspire l'enfant vers le haut, Adrien voudrait le suivre mais quelque chose le retient, il a besoin d'air, besoin de respirer ; il donne un coup de talon qui le propulse loin du petit frère de Nina. Manu le salue alors d'un signe et se retourne pour s'en aller. Très vite, Adrien le perd de vue. Son ombre fond, déteint, se dissout dans le bleu. Outremer.

21

Gaston, sa grosse tête fauve penchée sur le visage de son maître, a commencé par geindre tout bas. Peu à peu, devant l'inertie d'Adrien, les plaintes se sont muées en aboiements brefs. Maintenant il tourne autour du corps immobile dans une ronde de plus en plus rapide qui se termine en longs hurlements. Il est trois heures du matin, seuls une sirène et le bruit d'un camion poubelle lui répondent au loin. Les branches nues des arbres mues par le vent projettent des ombres macabres sur les murs de l'appartement, l'éclairage des réverbères en illumine par intermittence un coin, un tableau, une chaise. Éclairs floutés, coups de pinceau des phares. Le vent continue de frapper à coups sourds contre les vitres.

Le jardin du Luxembourg est noir, désert à cette heure. Aucune fenêtre ne s'allume dans la maison. Gaston hurle de toutes ses forces, de tout son désespoir : l'abandon, la solitude sont ses plus grandes terreurs. Personne ne semble l'entendre, personne ne vient. Mais où sont donc passés les êtres humains qui peuplaient la Terre ? Gaston lèche la figure d'Adrien, pas un muscle ne bouge sur le visage de son maître, alors il va chercher au fond de sa gorge un autre chant, le plus ancien, ancestrale élégie à la mort. Lugubre, sa complainte s'élève dans l'appartement silencieux, chanson immémoriale d'adieu au bonheur, à la lumière, à la vie.

22

« Lorsqu'il est arrivé, votre frère était en arrêt cardiaque, pour ainsi dire », dit le médecin de garde harassé.

Cinq heures du matin. L'hôpital où l'on a emmené Adrien est silencieux, noir et blanc comme un film des années soixante. Nicolas, mal réveillé, l'air ahuri, dévisage son interlocuteur. Il le trouve si jeune, au premier abord il l'a pris pour un étudiant en stage. Le médecin reprend : « Vous comprenez ce que je vous dis ? Il était en train de nous filer entre les doigts, pour ainsi dire. » Nicolas ne réagit toujours pas. Bouche bée, il contemple le visage imberbe du jeune homme, ses lunettes rondes à la John Lennon. Il lui fait penser à quelqu'un, mais à qui ? Manu, le petit frère de Nina. S'il avait vécu, Emanuele ressemblerait aujourd'hui à ce type épuisé qui lui touche le bras, impatienté par Nicolas qui murmure on ne sait quoi tout seul, le fixant de ses yeux agrandis. « Monsieur Isambert, vous m'entendez ?

– Vous... vous avez réussi... à le faire revenir ?

– Nous avons fait ce nous pouvions... et oui, il est revenu, pour ainsi dire... mais il est toujours dans le coma.

– Il va s'en sortir ? » Le médecin hausse les épaules et réplique, sans ciller : « Il est entre la vie et la mort. Nous faisons notre possible, mais ça ne dépend plus de nous. Il faut vous préparer au pire. Pour ainsi dire. » Puis il ajoute, las : « On m'a demandé de transmettre un message aux proches. C'est à propos du chien. On l'a emmené à la fourrière.

– Qu'il y reste, pour ainsi dire », grommelle Nicolas entre ses dents. Le médecin hausse à nouveau les épaules, repart vers le patient suivant. L'infirmière qui lui remet le double des clés d'Adrien soupire, puis le suit. La nuit est encore longue. Ils n'ont pas que ce suicide sur les bras.

Six heures. Nicolas est debout sur le seuil de l'appartement. Pendant un instant il contemple la sonnette. Adrien Isambert. Son frère. Son frère est en train de mourir. Peut-être est-il même déjà mort. Comme c'est bizarre de penser à ça. La porte n'a pas été forcée, les secours sont allés vite en besogne car les voisins avaient un double des clés – qu'il tient à la main en ce moment – et le loquet de sécurité n'était pas mis. Nicolas entre sans bruit, referme derrière lui. Tout est en ordre, il n'y a que peu de traces de ce qui s'est passé, une serviette sale sur un canapé, un gros morceau de sparadrap le long du tapis roulé sur lui-même. Le salon plongé dans la pénombre reluit de propreté. « Merci, Rose. Tu t'en occupes bien, dis donc... marmonne Nicolas tout bas. Et moi, qui ai deux enfants et une femme qui travaille, tu t'en fous... Mais Adrien a toujours été ton chouchou, n'est-ce pas ? » Il erre, un peu perdu, dans le grand appartement, traverse la chambre où le lit est fait, passe dans le bureau. Adrien devait être ici quand on l'a trouvé.

Deux grandes enveloppes, côte à côte, sont posées sur son secrétaire. L'une, très épaisse, destinée à une Italienne dont le nom lui rappelle de lointains souvenirs d'enfance, et l'autre à Rose. Rien pour lui. Nicolas se saisit de la seconde, la tourne et retourne entre ses doigts, la levant même jusqu'à son nez, la humant, la reposant enfin. Puis, les mains dans les poches, il reste à la considérer, indécis. Une minute, deux, passent, sans que sa physionomie ne change. On pourrait l'entendre respirer, lourdement, bruyamment, comme quand il faisait ses devoirs, petit garçon.

Ensuite, ses gestes s'enchaînent. Il attrape un coupe-papier en vieil ivoire dans une boîte en argent emplie de gommes et de taille-crayons – les manies de son frère pour tout ce qui touche à l'écriture le font grincer des dents – et, d'un geste précis, il la décachette, avant de parcourir des yeux, d'abord rapidement, puis plus attentivement, les quelques feuillets. Le rouge lui monte au front : « Quel salaud ! » murmure-t-il. Il récupère le testament, fourre l'autre grosse enveloppe kraft dans la poche de son pardessus et sort en tirant brutalement la porte derrière lui.

23

Nicolas en est à son troisième double expresso lorsque sa femme, Pauline, en peignoir, encore tout ensommeillée, s'assoit près de lui dans la cuisine de leur appartement.

« Raconte. Qu'est-ce qui s'est passé ? lui demande-t-elle, une main devant la bouche pour cacher son bâillement.

– C'est le chien qui a alerté les voisins. Il hurlait à la mort. Après avoir sonné chez Adrien à plusieurs reprises sans obtenir de réponse, ils se sont décidés à appeler les pompiers.

– Qu'est-ce qui va se passer maintenant ? Est-ce qu'Adrien… ?

– On n'en sait rien. Il est dans le coma. Ils nous tiennent au courant.

– Mais… pourquoi… ?

– Pauline, comment veux-tu que je le sache ? D'après Rose, il filait un mauvais coton depuis son accident de cheval, le frangin. Mais tu sais comme moi que... Bref... »

Comme chaque fois qu'il est troublé, Nicolas enroule ses cheveux entre ses doigts. Il ressemble tellement à Adrien en ce moment ! Pauline se retourne et refait du café pour qu'il ne voie pas son expression.

Dans le salon, Nicolas, abasourdi, termine la lecture de la lettre de son frère pour Nina. Jamais il n'aurait soupçonné la profondeur de ce qu'Adrien éprouvait pour cette jeune fille dont il se souvient maintenant, mais à laquelle il n'a pas vraiment songé depuis plus de trente ans. Jusqu'à ce matin, lorsque tout d'un coup, l'interne lui a fait penser au petit Manu.

Des émotions se mêlent dans son cœur, ainsi que d'autres sentiments difficiles à interpréter, et même à admettre : jalousie pour la réussite de son frère – avec ce boulot de fainéant, alors que lui se crève dix heures par jour chez son concessionnaire automobile –, colère pour le testament. Compassion, bien sûr, et révolte aussi. Adrien va mourir. Aujourd'hui, ou dans pas longtemps. C'est ce qu'il voulait, n'est-ce pas ? Et pourquoi ne lui a-t-il pas fait signe, il aurait pu l'aider... Mais non, Adrien a toujours fait cavalier seul.

Qu'il aille au diable ! Il est hors de question que lui, Nicolas, envoie la lettre à Nina. Elle ne pourrait qu'en être bouleversée. Elle a probablement une famille, maintenant. Adrien ne va pas faire foirer son existence à elle aussi. Mais, si elle l'avait aimé ? Si elle l'avait attendu, sans comprendre ce qui s'était passé… Adrien lui avait écrit, pourtant, non ? Il en parle dans sa lettre. Et Nina n'avait pas répondu. Il est probable qu'elle ait été gênée par ce cadeau empoisonné. Alors, que faire ? Il s'agit tout de même des dernières volontés de son frère. Oh, et puis, qu'est-ce que ça changerait ? Adrien n'en saura rien de toute façon. Et que dire de ce testament par lequel il ne lui laisse que la maison de campagne et donne tout le reste à Rose !

Mais qu'est-ce qu'il prend à Pauline de le suivre partout ? Pourquoi le regarde-t-elle comme ça ? Quelle nuit ! Et quelle matinée ! Il a les nerfs en pelote à force de boire du café. Un homme ne peut donc être tranquille nulle part, dans sa propre maison ?

Nicolas emporte les deux lettres dans la petite pièce qui lui sert de bureau. Il s'assied sur son siège et relit quelques phrases au hasard, une énième tasse de café à la main : « Je ne veux pas guérir… Aujourd'hui Rose m'a apporté des roses… Nicolas n'avait pas le courage de plonger… » Oui, c'est vrai qu'il avait peur, et Enzo et Adrien, ces deux crétins, avec leurs sauts de l'ange l'enfonçaient davantage encore dans ses faiblesses. Sa lâcheté. « Va au diable, Adrien, répète-t-il. Même me dire adieu, c'était trop pour toi ! Tu voulais crever seul, eh bien voilà, tu y es arrivé, mon vieux. »

Il ouvre le tiroir central de son petit secrétaire, le seul qui ferme à clé, et tente d'y glisser les deux plis. Trop épais. Il ôte alors les grosses enveloppes qu'il jette à la poubelle, et parvient enfin à les tasser tout au fond. Il met la clé sous le pot de fleurs qui trône en haut du meuble, puis se rend dans la salle de bains. La douche est bouillante, ça n'en finit plus, et lorsqu'il en sort enfin, les miroirs sont tout embués. De sa main il en dégage un coin, puis se regarde, serrant les dents. Nicolas n'a pas pleuré depuis la mort de ses parents. Il ne se souvient plus de ce que ça fait, ne veut pas le savoir d'ailleurs. Il verrouille son esprit à double tour. Rien n'y fait. Les larmes sourdent jusqu'à ses yeux, débordent, un flot qu'il essuie du poignet. Il se rappelle maintenant pourquoi il ne veut plus pleurer. Il se rappelle du mal que ça fait – un chien qui reçoit un coup de pied – et de l'envie de se recroqueviller, de la poitrine qui rétrécit, de la respiration qui manque. Il se souvient qu'on appelle quelqu'un, quelque chose, au secours, et que le cœur se brise en mille morceaux.

24

Lorsque Pauline part travailler dans le cabinet d'architectes où elle œuvre pour un salaire que son mari trouve dérisoire, c'est Emily Parker, une jeune Anglaise au pair, qui s'occupe de leurs enfants. Candice et Antoine, quatre et six ans, sont plus turbulents que d'habitude. Leur mère les a mis au courant qu'Adrien, cet oncle si mystérieux qu'ils connaissent à peine mais dont les parents parlent souvent, est à l'hôpital, et Emily a du mal à les calmer. Tout est décalé ce matin, et pour qu'ils prennent leur petit-déjeuner, une fois n'est pas coutume, elle allume la télé. Les enfants crient de joie, c'est l'un de leurs cartoons préférés, *Maya l'abeille*, qui passe sur la chaîne des petits. « Trop cooool », hurle Antoine immédiatement imité par Candice, qui guette la moue d'Emily. C'est un mot que la jeune fille leur a appris mais qu'il est interdit de prononcer quand les parents sont présents. Seuls avec elle, ils ne s'en privent pas. Emily soupire, lassée d'avance par la guerre quotidienne que les nains livrent au brossage de dents et au passage sous la douche. Il faut qu'elle se décide – enfin ! Il serait temps ! – à quitter ce job, tranquille repaire des derniers mois. Certes, Pauline est charmante, et même si Nicolas est bougon, les mômes sont marrants, le frigo constamment rempli de bouillies au jambon et de coquillettes au beurre – et elle, fauchée comme les blés, ne saurait que trop remercier sa bonne étoile : ce boulot l'arrange, mais pour combien de temps encore ? Emily a des rêves plein la tête, une maîtrise de lettres françaises, de la ténacité à revendre – et de la chance. À force de pousser des portes, elle a décroché, sous forme d'un stage, des lectures de romans anglais et américains pour une petite maison d'édition parisienne. C'est un bon début.

Ce matin, on dirait qu'on s'est servi de la salle de bains comme d'un sauna, la transformant en une véritable étuve. Emily soupire à nouveau, ouvre la fenêtre, laisse entrer l'air frais. De l'eau a débordé tout autour de la baignoire. Elle essuie les miroirs avec un linge, puis avec une poignée de serviettes en papier. Son visage se fait plus net dans le miroir. Sous sa cascade de cheveux blonds, ses yeux sont clairs et ses joues potelées, ses pommettes sculptées par un sourire malicieux. Emily adresse une grimace allègre à son reflet. Elle se retourne soudain, alertée par un bruit, mais il n'y a que Maya l'abeille qui zézaye à la télé. Les petits doivent avoir leur cuillère cimentée dans les Choco Pops, et pendant quelques minutes encore, elle va avoir la paix. Elle en profite pour aller dans le bureau de Nicolas. Généralement elle n'a que deux ou trois papiers à ranger et la corbeille à vider. La femme de ménage se charge une fois par semaine de passer l'aspirateur. Emily constate que la pièce est en ordre et traverse l'appartement pour vider le contenu de la corbeille. Au moment où elle s'apprête à accomplir ce geste anodin, son regard est attiré par l'adresse italienne d'une enveloppe. « Comme c'est curieux que Nicolas ait jeté à la poubelle une enveloppe neuve non cachetée. Cette écriture, cette belle graphie aux volutes élégantes, n'est pas la sienne... » Sur l'autre enveloppe, qu'elle examine avec attention, il n'y a en revanche qu'un prénom, « Rose », également tracé au stylo-plume. Rose... Rose, c'est l'ancienne gouvernante de la famille, qu'elle a déjà croisée deux ou trois fois. L'adrénaline se met à courir dans ses veines et elle se retrouve, le souffle court, à lutter contre la curiosité. En vain : « S'agirait-il de l'enveloppe d'une lettre destinée à Rose, écrite par... Adrien... celui qui a tenté de mettre fin à ses jours cette nuit ? » Et l'autre lettre ? À qui était-elle destinée ? « Nina... » Emily demeure figée devant la corbeille. Les deux enveloppes sont vides. « Est-ce que Nicolas aurait pu subtiliser et ouvrir ces lettres, que son frère destinait à Rose et à cette Nina ? » Cette probabilité lui paraît insensée, cruelle même, mais Emily sait que les deux frères sont en froid. Elle doit en avoir le cœur net. Elle retourne dans le bureau. Antoine lui a déjà confié, sous le sceau du secret, que son père cache la clé de son secrétaire sous le pot de fleurs. Quand la minuscule serrure grince, Emily s'interrompt. Il serait encore temps de laisser les choses telles qu'elles sont, mais un coup d'œil à l'écriture d'Adrien sur les enveloppes vides l'en dissuade. C'est comme si quelqu'un, quelque chose, la poussait, maintenant, à accomplir les derniers gestes, à sortir les documents dissimulés par Nicolas.

25

« J'avais vingt et un ans. C'est si près et si loin à la fois. Je répète cette phrase parce qu'elle est vraie, parce que la vie n'est pas une ligne droite, et qu'on respire dans ses méandres de manière fragmentée, avec des allers-retours, des accélérations insensées et des ralentissements qui nous figent pour longtemps. » Emily, qui ne sait de l'amour que quelques éblouissements et une ou deux déconvenues, s'est brusquement retrouvée immergée dans ce qu'il a de plus effrayant, l'implacabilité. On peut donc en mourir, comme dans les romans qui la fascinent depuis son plus jeune âge. Qu'il s'agisse d'*Anna Karénine*, des personnages de Kundera, ou plus prosaïquement de ceux des livres qu'elle achète à la gare, à la volée, lorsqu'elle prend un train, il est beaucoup question de cela. Si la seule mesure de l'amour est d'aimer sans mesure, comme le dit Adrien dans sa lettre, alors elle ne sait toujours rien de la vie. Il lui reste le monde entier à découvrir. Ces pages d'une déchirante nostalgie révèlent une détermination, la certitude que l'amour mène le monde. Orgueil de ne rien vouloir qui ne soit à la hauteur de ce sentiment absolu, fierté d'avoir aimé jusqu'au bout. Elle se souvient d'une phrase lue quelque part : « Un amour non vécu n'est pas un amour perdu. C'est un amour qui vous perd, qui vous possède plus que vous n'en êtes dépossédé. »

De retour de l'école, Emily a sorti de son sac les pages manuscrites et s'est enfermée dans la salle de bains – on ne sait jamais, quelqu'un pourrait rentrer à l'improviste – où, pelotonnée sur le sol, dos à la baignoire, elle a commencé à les feuilleter, en commençant par la lettre à Nina. Pourquoi Nicolas a-t-il jeté dans la corbeille l'enveloppe qui lui était destinée ? En veut-il à ce point à son frère ? Mais c'est dans la seconde lettre, celle destinée à Rose, que réside la clé de cette colère.

Emily reste assise un long moment, abasourdie. Que faire ? Les idées virevoltent dans sa tête. Et puis, en un éclair, elle sait. Il faut restituer ce testament à sa véritable destinataire. Et surtout, surtout, envoyer la lettre à Nina ! Reste un dernier écueil : comment retrouver Rose dans l'annuaire parisien sans connaître son nom de famille ? Il n'y a pas de répertoire dans le bureau, Nicolas et Pauline ont dû enregistrer le numéro de téléphone sur leurs portables, songe-t-elle. À qui peut-elle demander de l'aide ? Et ce temps qui file !

Qui, mais qui peut-elle appeler au secours pour y voir plus clair ? C'est alors qu'une étrange idée commence à germer : et si elle allait demander conseil à l'éditeur chez qui elle travaille ? Cet homme sage et avisé que tout le monde respecte. Même si elle le connaît à peine, il sera certainement de bon conseil dans cette affaire si compliquée, et surtout si délicate.

Titou et Candice sont à l'école. Emily a du temps devant elle. Elle s'habille avec un peu plus de recherche que d'habitude, enfourche son vélo et se rend rue Huysmans où siège, au milieu de millions de mots écrits, la personne susceptible de l'aider à rendre justice à cet homme qui oscille entre la vie et la mort, et dont les dernières volontés écrites n'ont pas été respectées.

26

« Non, Robert n'est pas disponible ce matin. »

« C'est tout de même curieux, se dit Emily, dans cette maison d'édition tout le monde appelle le patron par son prénom, comme s'il s'agissait d'un grand frère ou d'un ami de la famille. »

« Je vous jure, Liliane, c'est important que je le voie. »

Si Emily se permet d'insister auprès de l'assistante de Robert, c'est qu'il existe un lien amical entre elles. Liliane, qui pourrait être sa grand-mère, côtoie Robert depuis le début de leur aventure éditoriale, entamée dans une grande maison quarante ans plus tôt, avant que, devenu un véritable parrain de l'édition parisienne, Robert ne se décide – presque à l'âge de la retraite – à fonder sa propre maison, Senso. La jeune fille et l'assistante inusable ont une passion commune. En ont-elles parlé ensemble de ce métier, « le plus beau du monde », au cours de quelques déjeuners ! L'écriture, sa liberté et sa beauté encore – presque – désintéressée, dans cette société où l'art et l'argent sont si liés, les exalte toutes les deux. Cependant, ce matin Liliane ne peut pas aider Emily. Elle reste inflexible malgré la force de conviction de sa protégée.

« Non, vraiment, je ne peux pas le déranger.

– Bien, répond Emily, alors vous savez ce que je vais faire ? Et vous allez fermer un œil, et même les deux, cette fois... Je vais aller l'attendre devant son bureau. »

Le téléphone sonne. Liliane soulève le récepteur pendant que d'un signe de la tête elle désigne l'escalier qui mène au bureau de Robert.

Emily, assise par terre, jambes étendues, relit une fois encore le manuscrit et essuie une larme – ce n'est pas la première depuis ce matin – lorsque l'éditeur trébuche sur ses pieds. Levant la tête, elle découvre pour la première fois réellement cet homme qu'elle n'avait fait que croiser sans jamais oser entamer une véritable conversation avec lui. C'est son regard, où l'étonnement et la curiosité se mêlent à une tendre ironie, qui la frappe. En même temps qu'une immense envie de lui faire confiance, Emily ressent de la crainte, presque de la peur. Sous son air doux – de taille moyenne et plutôt fort, il a un côté nounours qui rassure –, elle devine une sorte de cruauté. Lui la dévisage, amusé, quelques instants, puis lui demande qui elle est et ce qu'elle veut. « Il ne m'a même pas reconnue », se dit Emily, dépitée. C'est qu'il en a vu passer, Robert, des auteurs prêts à tout pour être publiés, mais se prendre les pieds sur quelqu'un assis devant la porte de son bureau, c'est une première, même pour lui. Tandis qu'il fronce les sourcils, Emily bafouille, lui dit qu'elle est stagiaire, se tait, embarrassée, puis d'un bond se met debout et lui donne, presque de force, la lettre d'Adrien à Nina, ainsi que le testament destiné à Rose.

« Tout cela m'a l'air assez confus... Entrez dans mon bureau et racontez-moi calmement de quoi il s'agit. »

Emily pénètre en tremblant dans le saint des saints de chez Senso, aussi enfumé qu'une église orthodoxe en un jour de solennité. En toussotant, elle commence à raconter toute l'histoire à l'éditeur qui l'écoute sans mot dire, se contentant de bourrer et de rallumer de temps en temps sa pipe. Une fois son récit terminé, Emily n'ose croiser le regard de son interlocuteur, de peur d'en être foudroyée.

« Vous avez parfaitement bien agi... Encore que je ne comprenne pas tout à fait ce qui vous a poussée à me consulter, mademoiselle… C'est comment votre nom déjà ?

– Emily.

– Emily. Nous allons remettre le testament à la gouvernante : ce ne sera que justice. Ceci dit, la personne chez qui vous logez, le frère du gars qui est dans le coma, s'apercevra dès ce soir que les documents ont disparu et il vous soupçonnera à coup sûr. Niez tout si vous voulez avoir la paix, mais n'ayez crainte, il ne portera pas plainte pour des documents qu'il a lui-même dérobés ! Vous savez ce que ça coûte, une dissimulation de testament et un détournement d'héritage ? Si vous n'étiez pas intervenue, c'est lui qui héritait de tout ! »

Emily reste silencieuse. Des larmes – joie, soulagement – lui montent aux yeux. Elle fait un effort désespéré pour ne pas les laisser couler. L'éditeur coupe court à l'émotion.

« Mais dites-moi, la lettre – il regarde le nom de la destinataire sur l'enveloppe – à cette Nina… en quoi vous a-t-elle touchée ?

– Dès les premiers mots, j'ai été émue. Je ne pouvais plus m'arrêter de lire. »

Emily retient un sanglot, elle a du mal à trouver ses mots. Robert soupèse l'enveloppe.

« Dites donc, c'est pas une lettre, c'est un vrai roman qu'il a écrit…

– Vous ne croyez pas si bien dire ! lance Emily, enthousiaste. D'ailleurs, vous savez, il le raconte lui-même : il voulait être écrivain. C'était sa plus grande ambition.

– Comme quelques millions de personnes…, commente l'éditeur en parcourant le texte. Revenez me voir dans une heure, Emily. »

27

Au moment où Robert l'a congédiée, Emily s'est surprise à rêver. L'éclat gourmand de ce regard gris-bleu en dit long : Robert envisage-t-il de publier la lettre d'Adrien ? Encore faut-il qu'il lui trouve les qualités nécessaires... Cette idée l'amuse et l'effraye en même temps. Adrien voulait être écrivain : par les hasards du destin, il va peut-être le devenir après son suicide. Cela va sûrement poser des problèmes juridiques, mais Robert doit savoir ce qu'il fait. C'est vrai que cet éditeur est l'un des derniers, à Paris, à miser sur ses intuitions. L'un des derniers aussi pour lequel un bon roman est ce qu'il est, peu importe le nom de l'auteur, par-delà toute considération d'intérêt. Encore tremblante d'émotion, Emily va se servir un thé glacé au distributeur. « Comment se fait-il que tel manuscrit soit refusé dans une maison d'édition et accepté dans une autre ? Quelle alchimie fait qu'un éditeur tombe amoureux d'un texte dont un confrère n'a pas voulu ? » Cet homme, connu pour donner très vite sa réponse, ne lit pas moins de trois manuscrits par jour. Il y a d'ailleurs une légende qui court à son sujet : si, au lendemain de la remise du manuscrit d'un auteur maison, le téléphone dudit auteur reste muet entre sept heures et demie et huit heures et demie du matin, c'est fichu, il n'a pas aimé.

Emily ne peut s'arrêter de trembler. Alors que rien n'a été dit et qu'elle a peut-être affabulé quant à ses intentions – après tout, il souhaite peut-être seulement prendre connaissance de la lettre avant de l'envoyer à Nina –, elle serait maintenant tellement déçue si les choses devaient en rester là ! Elle aimerait tant que d'autres lecteurs puissent être touchés, comme elle, par cette histoire. Elle voudrait qu'Adrien, qu'elle n'a pourtant jamais rencontré, puisse réaliser, même de manière posthume, son rêve d'être publié, d'être lu. Partager son univers intérieur et ses émotions avec des milliers d'inconnus à travers le monde était son rêve. Emily le comprend tout à fait.

Liliane est passée deux fois devant elle, rapidement, sans lui parler. Est-ce que ça veut dire quelque chose ? Enfin Robert montre le bout de sa pipe, cligne des yeux dans la lumière des baies vitrées, repère Emily et se dirige vers elle de son pas chaloupé. La jeune fille a juste le temps de se dire qu'il ressemble au Chat botté du conte pour enfants et qu'elle n'a absolument aucune idée de ce qu'il pense avant qu'il n'arrive près d'elle et lui demande de le suivre dans son bureau, ajoutant : « J'ai deux mots à vous dire, jeune fille. Emily, c'est ça ? »

28

« Emily Parker.

– Mmm, oui... Asseyez-vous, Emily. »

Les sacrés yeux gris-bleu de l'éditeur pétillent derrière les lunettes qu'il ne chausse qu'exceptionnellement, car il est coquet. Robert Miller, à son âge, est toujours charmant, il le sait et en joue, reprenant souvent le bon mot : « J'étais jeune et beau, je ne suis plus que beau. » Emily n'en mène pas large quand il lui dit : « C'est n'importe quoi, cette histoire. » « Quelle idiote, pense-t-elle. Comment ai-je pu imaginer qu'il ait envie de la publier ? » En un instant elle est debout, aussi digne que possible, même si elle a envie de se cacher dans un trou de souris, et tend la main pour reprendre le texte. Elle se chargera elle-même d'aller le déposer à la poste. Robert, surpris, se lève aussi et, se méprenant sur le geste d'Emily, lui tend la sienne à son tour pour serrer celle de la jeune fille : « Nous allons la publier, alors ? Affaire conclue ? » Emily retombe sur sa chaise pendant que Robert soupire : « C'est vraiment n'importe quoi, disais-je. Comment ces deux-là ont-ils pu se rater à ce point ? Plus j'avance dans la vie, moins je comprends l'amour. » Emily sait par Liliane que Robert a divorcé trois fois et vient de se séparer de sa quatrième épouse, plus jeune que lui de trente-cinq ans.

La jeune fille a toujours la bouche ouverte quand l'éditeur reprend, rallumant sa pipe : « C'est pour ça que j'aime ce métier. J'attends toujours qu'un écrivain m'éclaire à ce sujet. Enfin, ce n'est pas avec votre lettre, aussi bouleversante soit-elle, que ça arrivera. Mais on ne peut pas ne pas la publier, n'est-ce pas ? Même si ce n'est pas le dossier le plus facile que j'aie eu à traiter. Connaissez-vous – ou devrais-je dire, connaissiez-vous – personnellement l'écrivain, celui qui est dans le coma ?

– Je ne sais de lui que ce que j'en entends chez son frère, répond Emily. Visiblement, les relations entre les deux hommes n'étaient pas au beau fixe, ce que la réaction de Nicolas… de mon patron… confirme. Je ne comprends toujours pas ce qui l'a poussé à cacher la lettre au lieu de la poster. Comment peut-on faire une chose pareille ?

– Oui, ce Nicolas… c'est un os, en effet. Il va falloir qu'on trouve la parade. Je consulterai l'avocat de la maison. Même si je sais d'avance ce qu'il va me dire.

– Ce sera peut-être trop tard. J'ai entendu qu'Adrien était au service de réanimation de l'hôpital Saint-Antoine. On ne croit pas qu'il s'en sortira.

– Si l'auteur était mort, reprend l'éditeur, il n'y aurait aucun problème. C'est à la gouvernante qu'il a confié les pleins pouvoirs sur ses affaires. Si je parvenais à la convaincre, elle signerait le contrat d'édition, et la messe serait dite. Ce qui nous amène à la question suivante : qui va le faire, si M. Isambert reste entre la vie et la mort ? C'est un vide juridique… qu'on résoudra en faisant quand même signer cette Rose ! Je prendrai sur moi la responsabilité d'établir un contrat à son nom. Si M. Isambert s'en sort, je suis sûr qu'il en sera satisfait. Et sinon, nous serons couverts. On ouvrira un compte en banque à son nom et on y fera virer ses droits.

– C'est illégal, n'est-ce pas ?

– Disons que ce n'est pas tout à fait réglementaire. Mais dans ce métier, il y a des risques à prendre. J'aime ce manuscrit, j'ai envie qu'il soit lu, et je ferai en sorte qu'il soit publié. Ce ne sera pas la première fois que je sortirai des rails, ne vous inquiétez pas pour moi. Cette petite maison en a vu d'autres. Ce n'est pas ça qui traumatisera mes collaborateurs, ils sont habitués aux longues périodes sérieuses, ronronnantes dirais-je, suivies d'un scandale, d'un esclandre... enfin, d'un coup de pied dans ce qu'on appelle le landerneau. Le ciel aide les audacieux. Et, quoi qu'il en soit, vous l'avez été, Emily. Je vais demander à Liliane de retrouver cette gouvernante, dit Robert en griffonnant quelque chose sur un bout de papier.

– Comment va-t-on procéder ?

– Eh bien, simplement, en téléphonant à l'appartement d'Adrien. C'est là que nous aurons une chance de l'attraper, non ? »

L'éditeur pose son stylo, tire sur sa pipe une nouvelle fois sur le point de s'éteindre, puis regarde Emily droit dans les yeux : « Pour le reste, je vous engage. Un CDD de six mois, pour commencer, comme assistante d'édition, ça vous va ? Même si ce n'est pas la richesse, ça vous permettra de quitter la famille chez qui vous travaillez et de vous retourner. »

Emily ne bouge pas. Elle voudrait embrasser Robert, applaudir, elle voudrait... Elle ne sait pas très bien quoi faire et reste là, abasourdie, pendant que l'éditeur baisse déjà les yeux sur un autre manuscrit. Lorsqu'il les relève, la jeune fille est toujours à sa place, en face de lui. Il lui sourit, espiègle : « Vous n'êtes pas encore partie ? Alors dites-moi, est-ce qu'on a un titre pour ce roman ? » Emily sourit à son tour, puis chuchote tout bas : « Nina... ? »

29

Depuis neuf heures du matin, Rose est recroquevillée dans la grande bergère d'Adrien. Elle s'en veut d'être ainsi prostrée, ce n'est pas son genre de rester sans rien faire, mais dès qu'elle se lève, ses jambes refusent de la soutenir, et elle est obligée de se rasseoir. Dix fois déjà elle a tenté d'appeler Nicolas, dix fois le téléphone a sonné indéfiniment dans l'appartement vide. « Si au moins j'avais son numéro de portable ! Et il n'est pas question que je le joigne à son bureau, il déteste ça… En plus pour lui parler de son frère ! » Maintenant il est midi, et elle est effrayée. Elle n'a aucune nouvelle d'Adrien ni de Gaston. Si l'appartement est aussi calme que d'habitude, elle voit néanmoins que quelque chose s'y est passé. Le lit n'a pas été dérangé, mais que veulent dire cette serviette sale sur le canapé, ce tapis enroulé ? Adrien aurait-il eu un malaise ? Serait-il parti quelque part sans la prévenir ? Rose est angoissée, accablée aussi, son esprit dérive, ce pauvre petit, pourquoi ne s'est-il donc jamais marié ? Il y en a eu, pourtant, de jolies femmes qui auraient bien voulu de lui. Il a tellement de charme avec ses yeux noirs, ses cheveux toujours un peu trop longs – ce n'est pas faute de lui conseiller d'aller chez le coiffeur –, et même si depuis son accident de cheval il a beaucoup maigri, il reste celui que, dans la bande d'adolescents des vacances à Ravello, on appelait un peu par raillerie, un peu par jalousie, *faccia d'angelo*, gueule d'amour. Rose se souvient d'une petite Romaine qui était toujours à ses côtés. Ils se regardaient avec de grands yeux, ces deux-là, si beaux que les voir ensemble était un bonheur. C'était quoi son prénom, déjà ? Un prénom tendre, un prénom qui lui allait tellement bien. Rose ne sait plus, et puis tout ça est si loin aujourd'hui.

Le téléphone sonne. Elle avale sa salive et saisit le récepteur à deux mains, comme s'il pesait très lourd.

« Allô ? murmure-t-elle, trop bas, puis s'éclaircissant la voix : Qui est à l'appareil ?

– Bonjour madame, je suis bien chez M. Adrien Isambert ?

– Oui.

– Vous êtes Rose ?

– En effet… mais…

– Ne quittez pas, je vous passe Robert Miller, il a quelque chose d'important à vous dire. »

30

Assise sur une chaise près du lit, Emily contemple le visage d'Adrien. Lorsqu'elle est entrée dans la chambre, lorsqu'elle a vu l'homme qui se tenait entre ces draps d'hôpital, si pâle que ses cheveux noirs semblaient plus sombres encore sur l'oreiller, elle n'a pu s'empêcher de penser à une mouche dans un verre de lait. Emily sait qu'elle n'a nullement le droit de se trouver là, mais à l'accueil ils ne lui ont pas vraiment posé de questions quand elle a affirmé, en rougissant, qu'elle était une intime d'Adrien. Quant à l'infirmière, elle a été compréhensive. Même dans le coma – pense Emily –, cet homme exerce un charme sur les personnes qui l'entourent.

Adrien est relié aux machines qui le maintiennent en vie, qui mesurent son pouls et ses réactions vitales. Il a les yeux clos, le front serein, la bouche entrouverte, le corps abandonné. Quand elle s'est approchée, quand, hésitante, elle a effleuré sa joue du bout des doigts, il n'a pas bougé. À quoi, à qui s'attendait-elle ? Au Heathcliff de ses lectures de jeune fille, au garçon tourmenté des *Hauts de Hurlevent* ? S'il y avait un peu de cela dans son attente, elle n'a pas été déçue. Dans les traits de l'homme étendu, elle reconnaît aussi le dessin du visage de son frère. C'est vrai qu'ils se ressemblent, mais si l'un a gardé une douceur presque enfantine et des lèvres pleines, l'autre affiche un air rogue, des rides dures, et sa bouche s'étire en une ligne amère. Nicolas a mal vieilli, se dit-elle, et Adrien… Adrien, c'est comme s'il n'avait pas vraiment vécu.

Immobile à côté de l'homme immobile, elle regarde la main gauche d'Adrien qui repose sur le drap. Tendons saillants, veines bleues visibles sous la peau bistre – cette patine des épidermes très clairs –, cette main l'emplit d'une compassion animale, quasi maternelle. Adrien a les ongles coupés court, les doigts lisses et longs sur une paume râblée, disproportion qui lui fait penser aux mains des grands musiciens, à leur sensibilité, à leur délicatesse. Qui sait si un jour cette main portera à nouveau un verre à la bouche, si elle écrira, si elle effleurera les touches d'un piano ? Qui sait si elle sera encore capable de caresser quelqu'un ? Elle étudie le visage d'Adrien, le contour de son corps maigre sous les draps. Il y a des êtres faits pour les grands amours tels qu'on les conçoit dans la plus pure tradition du romantisme. Selon Emily, Adrien en fait partie.

Elle continue de fouiller Adrien de très près, comme si elle pouvait lire son avenir ou comme si elle voulait déchiffrer son passé. Elle le trouve beau malgré les aiguilles qui lui transpercent les veines et les canules qui entrent dans son corps. En scrutant de si près ses paupières fermées, elle se découvre partagée. D'un côté, elle aurait envie que cet homme s'éveille tout doucement et qu'il revienne à la vie, de l'autre, elle compatit à sa souffrance et voudrait qu'il puisse se reposer encore un peu : il a tellement enduré, jour après jour, minute après minute, un manque terrible, ce vide que rien ne peut combler. Emily ne sait rien de tout ça, mais elle a compris, depuis qu'elle a lu la lettre, à quel point aimer – aimer vraiment – nécessite du courage.

Un bruit à la porte la sort de ses pensées. Quelqu'un frappe, puis entre à pas feutrés. Emily se redresse. La vieille dame qui se tient sur le seuil la toise, considère le lit où gît Adrien, puis ramène ses yeux sur elle. Emily se lève d'un bond et la rattrape dans ses bras avant qu'elle ne tombe évanouie.

31

Lorsqu'elle rouvre les yeux, Rose découvre à quelques centimètres à peine deux prunelles aussi sombres que le charbon, puis le visage de l'infirmière s'épanouit en une moue soulagée. « Ça y est, la revoilà, votre mémé. » Emily ne proteste pas, ne rectifie pas. C'est vrai que Rose pourrait être sa grand-mère. En tout cas, ça ne lui déplaît pas qu'on le croie. Elle se penche sur la vieille dame étendue sur le lit près de celui d'Adrien et lui tapote la joue, puis laisse sa main fraîche posée sur son front quelques instants. La caresse de ces doigts légers émeut profondément Rose. C'est la première fois depuis longtemps que quelqu'un se fait du souci pour elle ! Ses yeux se remplissent de larmes. Emily tourne la tête vers l'infirmière, qui, d'un signe de la main et d'un imperceptible mouvement d'épaules, l'avertit de la normalité de ces réactions. Rose ne voit rien de ce manège. Elle s'en veut tellement ! Elle aurait dû veiller deux fois plus, elle aurait dû prévenir ce geste désespéré ! Comment, mais comment n'a-t-elle rien vu venir ?

Rose veut se lever. L'infirmière s'écarte un instant, puis voyant qu'elle n'en démordra pas, la soutient dans ses bras. Comme prise en flagrant délit de voyeurisme, elle détourne la tête lorsque Rose effleure de son visage les joues d'Adrien, lorsqu'elle l'embrasse et lui parle à l'oreille. Quand la vieille femme revient près d'elle, plus stable sur ses pieds, Emily lorgne du côté de l'homme étendu. Les larmes de Rose baignent ses joues et son menton. On dirait que c'est lui qui a pleuré.

« C'est comme ça que j'ai su où était Adrien, Emily. »

Une fois remise de ses émotions, un bol de thé très chaud, très sucré dans une main et un mouchoir dans l'autre, Rose s'est sentie en devoir de tout expliquer à la jeune fille qui lui a manifesté, dès son arrivée, tant de délicatesse et d'attention. Très vite, elles bavardent comme de vieilles connaissances. Il est vrai, se dit Emily, que les circonstances s'y prêtent. Elles n'ont pas le temps de faire des manières.

« Je suis si heureuse que Robert Miller vous ait retrouvée ! Vous allez mieux, Rose ?

– Mais oui, ma petite, ce n'est rien, ne vous inquiétez pas. » La gouvernante se lève, s'approche du lit : « Tiens, on lui a ôté son plâtre. Il devait rester au repos jusqu'à la semaine prochaine », ce à quoi la jeune fille rétorque, trop vite, « Oh, mais ce n'est pas comme s'il devait aller quelque part, là », puis elle se mord la langue alors que Rose la dévisage, perplexe, amusée aussi. Pour ne pas l'embarrasser encore plus – la jeune fille a piqué un fard –, elle reprend le fil de la conversation : « Robert Miller, dites-vous… C'est ce nom-là qu'il m'a donné. Et il m'a aussi expliqué pour le testament, la lettre à Nina, et votre rôle dans tout ceci. Cela doit vous paraître horrible, ce qu'a fait Nicolas, mais il faut le comprendre. Le pauvre. Il a toujours eu l'impression d'être lésé, d'être celui qu'on aime le moins. Si vous voulez me faire lire les documents, je suis prête. »

La jeune fille fouille dans son sac, en sort la lettre testament qu'elle met entre les mains de la gouvernante.

Pendant la lecture, Emily se tient près de la fenêtre. Le monde, dehors, continue de tourner. Quelques malades, leur poche de sérum à la traîne, déambulent dans la cour de l'hôpital. Des visiteurs entrent et sortent du bâtiment, visages serrés par l'appréhension. Dans le ciel gris les nuages courent vite, serrés les uns contre les autres en gros monceaux cotonneux. Un soupir de Rose lui fait tourner la tête et revenir près de l'ancienne gouvernante, qui tourne le dernier feuillet.

« Qu'est-ce que je dois faire, Emily ? Tout cela m'embarrasse, savez-vous ? Si par malheur Adrien ne recouvrait pas ses esprits, je crois que je remettrais à Nicolas la collection autographe de son frère. Il s'en occupera mieux que moi, et il en a bien plus besoin, d'ailleurs.

– Je le conçois sans peine, Rose. Et… »

Les deux femmes se taisent en même temps. En même temps aussi, elles soupirent et regardent vers le lit. Le bip-bip des appareils qui gardent Adrien en vie est régulier. Sur son visage serein, aucun muscle ne frémit. Rose réagit la première : « Et vous, qu'est-ce que vous allez décider, Emily ? Il est clair que Nicolas sera très en colère. Et cette histoire de testament, en plus… Vous n'aurez plus de travail, ni de toit au-dessus de la tête.

– Je ne sais pas encore. Robert, l'éditeur, m'a promis de m'engager comme assistante, mais pour l'instant, je dois dire que je suis un peu assommée. Je crois que je n'ai plus qu'à aller ramasser mes affaires avant le retour de Nicolas et chercher un petit hôtel.

– Écoutez. Je vous fais une proposition. Vous n'êtes pas obligée d'accepter mais… enfin voilà. Venez vivre avec moi dans l'appartement d'Adrien. Je ne vous dis pas d'y rester pour toujours, juste le temps qu'il faudra pour vous remettre d'aplomb. Il faut aussi que j'aille chercher Gaston à la fourrière. Cette pauvre bête n'a rien dû comprendre. Se retrouver au milieu d'inconnus qui l'emmènent on ne sait où… Quelle horrible nuit ! On ne sera pas assez de deux pour le promener et lui donner un peu de compagnie. Et moi aussi, d'ailleurs, j'en ai besoin, avec Adrien dans cet état.

– C'est vrai, Rose ?

– Oui, ma chérie. Vous semblez bien gentille, et si tout n'est pas perdu aujourd'hui, c'est grâce à vous… Emily… Alors, ça vous va ?

– *Give me five*, Rose.

– Je vous demande pardon ?

– Ouvrez votre main, comme ça. Et tapez-la sur la mienne. Merci, chère Rose. Je peux vous embrasser ? »

Les deux femmes restent un long moment silencieuses, proches à se toucher. Rose, plus menue qu'Emily, se penche vers la jeune fille comme pour chercher sa protection, quand soudain elle se redresse, s'éloigne, et lui lance tout à trac : « Dites donc, jeune fille, ce Robert, il s'en est donné, du mal, pour me retrouver, alors que toute cette histoire ne le concerne pas. » Emily baisse les yeux pour dissimuler son trouble. Elle n'en mène pas large, se sent même un peu coupable. Mais pourquoi donc, se demande-t-elle ? Autant tout avouer le plus vite possible. Surtout que Rose, à cet instant, ressemble très exactement à un corbeau. Un corbeau ébouriffé mais très perspicace, un animal de bande dessinée, de ceux qui mettent en joie Candice et Antoine.

« Je pense qu'il a une petite idée derrière la tête, ma chère Rose. Et moi aussi d'ailleurs, pour être franche. Mais nous en parlerons ce soir devant un bon dîner. Vous voulez bien ? »

32

Rose n'a pas bien dormi. Toute la nuit, des songes bizarres l'ont maintenue dans un état de demi-veille, et lorsque enfin elle s'est assoupie, un peu avant l'aube, elle a beaucoup rêvé. Il lui semble maintenant qu'elle est comme un sous-marin encore à moitié immergé et, examinant la pièce autour d'elle, elle ne sait plus ce qu'elle fait dans l'appartement d'Adrien, ni pourquoi elle couche dans la chambre d'amis. Un soleil guilleret se fraye un passage entre les rideaux pendant qu'elle reprend pied peu à peu. Gaston, qui a dormi sur la carpette près du lit, lève la tête et remue la queue lorsque Emily frappe à la porte et entre avec deux tasses de café sur un petit plateau. Le pauvre chien est aphone. Le jour précédent, lorsque les deux femmes sont venues le chercher à la SPA, il a failli devenir fou tant il leur a fait fête, incluant tout de suite Emily dans sa joie.

Maintenant, il la considère avec adoration tandis qu'un rayon chaud dépose une flaque de lumière dorée juste aux pieds de la jeune fille, qui baigne tout entière dans une aura de clarté. À la fois réservée et sûre d'elle, elle s'approche, dépose le plateau sur la table de nuit, s'assoit sur les draps lissés et murmure : « Bonjour, Rose. Vous avez bien dormi ? » Sans lui laisser le temps de répondre, elle continue : « Nous avons rendez-vous avec Robert à quinze heures... et c'est ma première journée de travail, aussi. » Elle retape l'oreiller derrière le dos de Rose, l'aide à s'y adosser. La vieille femme soupire. Elle est plus fatiguée qu'avant de se coucher.

Le soir précédent, Emily a tout avoué à Rose, sans rien lui cacher de ses sentiments, de ses doutes, de ses craintes. La sensation de soulagement a été telle qu'elle en aurait pleuré. Il s'est passé tant de choses depuis deux jours ! Elle s'est posé tant de questions, s'est sentie si seule ! Elle est encore étonnée de la vitesse à laquelle tout s'est déroulé. Elle est allée de surprise en surprise, et alors qu'elle redoutait un refus catégorique de l'ancienne gouvernante de publier la lettre à Nina, celle-ci, passé un premier temps de recueillement, a simplement murmuré : « Vous savez, Adrien a toujours rêvé d'écrire, d'être publié. Je le connais depuis quarante ans ! » Emily a eu des scrupules à pousser plus loin la conversation, mais Rose l'a devancée, laconique : « Je signerai tout ce qu'il faudra, puisqu'il m'en donne le pouvoir. Même si, hélas, ce n'est pas le fait de réaliser son rêve qui nous le rendra. »

Rose se redresse contre son oreiller. Emily s'est détournée. Elle tire les rideaux et le soleil entre à flots. Gaston, qui aboie dans la cuisine, sort les deux femmes de leurs pensées et Rose souffle : « Tu sais, Emily, il y a une chose que nous n'avons pas encore faite... » La jeune fille lui coupe la parole : « Rose, j'y ai pensé moi aussi. Je crois qu'avant tout il faut absolument... » C'est Rose qui termine sa phrase : « ... envoyer sans plus attendre la lettre d'Adrien à Nina. »

33

Après un passage chez un notaire recommandé par Robert pour que la signature de Rose soit valable à tous les effets, la vieille dame et la jeune fille, Gaston en laisse, se rendent rue Huysmans. La réceptionniste, d'habitude très discrète, se précipite sur Gaston qui s'étend par terre de tout son long, jappant et lui offrant son ventre à gratter, tandis que des bureaux adjacents on sort pour voir ce qui se passe. Un joli brouhaha. Liliane, arrivée sur ces entrefaites, prend Emily à part et lui chuchote : « Je sais tout, ma belle. Félicitations. » La jeune fille n'en revient pas de se trouver soudain au centre de l'attention. Tout se sait tellement vite dans cette petite boîte ! Mais une voix, au fond d'elle, la rassure : « C'est exactement ce que tu voulais, non ? Une passion et un mode de vie. Maintenant, il va falloir les mériter. »

La lettre à Nina est partie. L'original lui a été expédié par Robert, qui n'avait pas besoin d'y être incité par Emily et Rose. Il a ajouté un mot relatant les faits et avertissant qu'Adrien était dans le coma. « Ça m'étonnerait beaucoup qu'elle ne me contacte pas après ça… bien que cette fille reste une énigme. Mais les femmes sont impossibles à comprendre. Et l'amour est bien un mystère aussi ! Seigneur ! Ça fait des milliers d'années qu'on se court après sans se trouver, j'en sais quelque chose, moi, avec mes quatre épouses… Et encore, si je n'avais eu que celles-là… Enfin… Qui m'a dit, déjà, que j'étais très inflammable ? Mais à quoi bon, sinon ? Chaque fois, j'y ai cru. Chaque fois, j'ai failli en crever quand ça se terminait. Et, à mon âge, et avec mes expériences passées, je continue d'y croire… Est-ce que Nina est mariée ? Est-ce qu'elle est heureuse ? Quelle va être sa réaction ? Adrien ne peut pas s'être trompé à ce point. Mais aime-t-on forcément ceux qui vous aiment ? Enfin… je voudrais bien la connaître, moi, cette fille… cette… cette Nina ! » Robert plisse le front : « En espérant qu'elle soit encore en vie. »

34

Après avoir cacheté la lettre, Robert en a confié une copie à Liliane, pour qu'elle nettoie le texte en vue de la publication. Il sait que ce qu'il s'apprête à faire n'est pas « blanc bleu », selon ses propres termes, mais quoi ? Adrien voulait que ses mots soient lus par Nina, et il voulait aussi être publié, alors, oui, c'est une responsabilité, mais Robert n'en est pas à sa première gageure. Lorsque Liliane lui demande de quel genre de récit il s'agit, il répond : « Un grand prix d'automne, pourquoi pas... Nous en avons vu, des choses étranges, tous les deux, n'est-ce pas, depuis qu'on travaille ensemble... » Et Liliane, qui en connaît plus sur lui que n'importe qui au monde, acquiesce en silence, amusée. Oui, elle en a vu, des choses étranges, des prix-surprise, des monstres sacrés battus par des débutants, des luttes occultes, des coups de poker. Des larmes de joie ou de désespoir, des succès littéraires surfaits, des romans qui émergent des années après leur parution, des grands auteurs oubliés, des poseurs, des survoltés, des surdoués. Elle en a vu, elle en verra encore, et c'est ça qui lui plaît, cette aventure tous les matins recommencée et ce plaisir de la découverte, vierge et curieux. Car, se dit-elle, un bon éditeur est un joueur et un voyeur, quelqu'un à qui l'être humain donne la fièvre, qui ne se contente pas de ce qui se passe à la surface mais croit qu'il y a toujours quelque chose un peu plus loin, un mystère caché qui lui échappera sans cesse – mais de peu.

Quelques jours après s'être installée avec Rose dans l'appartement d'Adrien, Emily a enfin eu le courage de retourner chercher ses affaires chez Nicolas et Pauline. Le jour même de sa rencontre avec Robert, elle a prévenu son ancienne patronne qu'elle avait un gros problème personnel et qu'elle ne pourrait plus s'occuper des enfants, mais qu'une amie proposait de la remplacer sur-le-champ. Pauline a été décontenancée par ce départ si brusque, mais a accepté son offre, le temps de trouver une autre solution. Puis, le lendemain, Nicolas a appelé Emily sur son téléphone portable pour lui proposer de la rencontrer à l'heure du déjeuner.

La jeune fille a accepté, trépidante, sachant très bien ce qui motivait le frère d'Adrien. Étrangement, Nicolas est arrivé au rendez-vous – un petit bistrot à côté de chez Senso – apparemment détendu et avenant. Une fois la commande prise, il a questionné sans détour Emily sur les documents dérobés dans son tiroir. Elle n'a pas démenti. Elle avait pris la décision, après s'en être ouverte à Robert et à Rose, de lui raconter la stricte vérité. Nicolas l'a écoutée sans jamais l'interrompre, mangeant néanmoins son steak tartare avec une nervosité grandissante. Puis, il a cherché à se justifier. « C'est vrai, mon premier mouvement a été stupide. J'étais bouleversé. Je me suis senti nié par ce testament et j'ai pensé qu'il valait mieux ne pas envoyer cette lettre. Ensuite, au cours de la journée, j'ai pris le temps de réfléchir. Quand je suis rentré le soir à la maison, j'avais résolu de donner le testament à Rose, et aussi d'envoyer la lettre à Nina. Mais je n'ai pas réussi à joindre notre ancienne gouvernante, et pour cause : elle était déjà chez Adrien, avec vous. D'ailleurs, je vais bientôt m'expliquer de tout cela avec elle. »

Emily, qui s'attendait à des reproches, pire, à des injures ou des menaces, en est restée bouche bée. Sa salade, demeurée intacte dans son assiette, a été mangée par Nicolas qui lui en demandait la permission au fur et à mesure. Il semblait sincère. Que s'était-il passé ?

Pourtant, lorsqu'ils ont abordé la décision de publier la lettre sous forme de récit, il s'est montré plus agressif. Il trouvait cette idée absurde, obscène même, selon ses mots. Comment pouvait-on étaler ainsi la vie d'un homme sur la place publique sans son accord ? On agissait comme si Adrien était mort ou avait explicitement demandé qu'on édite cet écrit intime après son suicide, ce qui n'était pas le cas.

Emily, plus troublée par les arguments de Nicolas qu'elle ne l'aurait pensé – de toute façon, elle avait l'impression de s'inventer une nouvelle morale à partir de nouvelles lois, depuis quelques jours –, s'en est ouverte à Robert juste après le déjeuner. « C'est un envieux qui ne supporte pas d'avoir été pris la main dans le sac et mis à l'écart de cette décision, voilà tout », a répondu l'éditeur en grommelant. Puis il a ajouté : « Heureusement, Rose a déjà signé le contrat à la place d'Adrien, et je ne pense pas que le frère nous attaquera en justice, puisqu'il a tenté de dissimuler le testament. Mais il n'a pas tort sur un point : nous allons changer le nom d'Adrien et modifier les autres prénoms à l'intérieur du livre. À l'exception d'un seul : Nina. Celui-là, on n'y touchera pas ! »

De son côté, Nicolas était doublement mortifié. Il était agacé de ne pas avoir été consulté – mais comment aurait-il pu l'être étant donné les circonstances dans lesquelles la lettre avait été découverte ? – et d'apparaître sous des traits peu flatteurs. Pis, la tournure qu'avait prise cette affaire lui avait valu d'autres désagréments : sa femme lui en voulait d'avoir caché l'existence des documents lors de cette terrible nuit, et elle semblait toujours nourrir un doute envers ses justifications. Elle le rendait aussi coupable du départ précipité d'Emily, qui lui manquait. Quant à Rose, elle avait été la seule à ne pas remettre en cause son intégrité, même s'il avait le sentiment que quelque chose s'était fissuré entre eux. Un fil de confiance avait été rompu. Et puis, bizarrement, les visites quotidiennes de l'ancienne gouvernante à l'hôpital l'exaspéraient, tout comme le fait qu'elle vive dans l'appartement de son frère avec Emily. Les mauvais soirs, il se disait que tout cela ressemblait à une conspiration. Les meilleurs, il avait envie de leur rendre visite à l'improviste et de les inviter à dîner dans un bon restaurant. Mais il n'osait pas.

35

« C'est incompréhensible, soupire Robert dans le bureau de Liliane en secouant la tête. Vraiment incompréhensible, répète-t-il, mais qu'est-ce qu'on peut faire de plus, dites-moi ?

– Rien. Nous avons envoyé cette lettre en recommandé et nous avons bien reçu l'accusé de réception signé par Nina. Ça fait tout juste six mois. Au moins c'est la preuve qu'elle est toujours en vie, essaye de positiver Liliane.

– Comment peut-elle ne pas vouloir dire adieu à quelqu'un qui l'a aimée à ce point, et pour qui elle semblait nourrir, au moins, de l'amitié ? Mais si elle ne donne pas de nouvelles, on ne peut pas lui en vouloir, n'est-ce pas ?

– Non, répond Liliane selon un rituel devenu presque quotidien, on ne peut pas, Robert. Si elle ne l'a pas fait, elle doit avoir ses raisons. »

Chez Senso, tous se posent la même question que Robert. Nina n'a toujours pas appelé, ne s'est manifestée d'aucune manière, et on en est réduit à attendre et à supputer. Le matin, devant la machine à café, c'est l'un des sujets de conversation les plus passionnants. Chacun y va de son pronostic.

Il y a deux bonnes nouvelles néanmoins. La première, c'est que la lettre d'Adrien a été publiée il y a moins d'un mois sous forme de roman avec une postface de l'éditeur qui en narre l'histoire, et que, grâce à un véritable engouement des libraires et à quelques excellents articles parus dans la presse, le roman s'est retrouvé, dès les premières semaines qui ont suivi sa parution, en tête des meilleures ventes. Un réalisateur américain a aussitôt manifesté son intérêt. Lui aussi, soupçonne Robert, attend que quelque chose survienne, un nouvel épisode, un dénouement : la mort de l'auteur, la réponse de Nina.

La seconde bonne nouvelle, c'est qu'Adrien, malgré le pessimisme des médecins, est toujours en vie.

Revenu dans son bureau, Robert rallume sa pipe pour la énième fois. C'est bientôt l'été, dans la courette le magnolia est en fleurs, son parfum ténu parvient jusqu'à ses narines par la fenêtre ouverte. Robert renifle, ronchonne, puis éteint sa pipe à moitié consumée. Il faudrait qu'il arrête. Un de ces jours. Peut-être. Se balançant sur son fauteuil, il pointe les pieds à terre pour se donner de l'élan, tourne deux fois sur lui-même et s'immobilise face à sa bibliothèque personnelle. Les livres sont si serrés sur les étagères qu'on aurait du mal à les en extraire. Quelques-uns se tiennent de face dans leurs austères couvertures gris sombre. Sur les bandeaux figurent les visages des auteurs. Robert les détaille. Souriants, courroucés, menton appuyé sur un poing ou regardant ailleurs... Des poses d'écrivain – moues, postures, mimiques, et quelquefois grimaces – adoptées par des hommes et des femmes plus à l'aise face à leur ordinateur ou leurs carnets que devant un objectif.

Nina est différent. En pensant à son auteur, Robert se dit qu'il a longtemps manqué à Adrien la révolte, la confiance sereine, ou au contraire le désespoir, trois états d'âme qui poussent un homme à écrire. Ce que Robert appelle l'exigence, la nécessité d'un texte, n'est devenu que très tardivement un besoin ultime pour Adrien. Et aujourd'hui, il ne peut même pas en jouir. Robert s'est beaucoup plu, au cours de sa carrière, à étudier la modestie laborieuse, maladroite, de ses auteurs. Il en a joué avec l'innocente férocité d'un chaton qui s'amuse avec un mulot, pattes de velours, griffes acérées. Adrien a un itinéraire unique, et probablement n'aura-t-il jamais la possibilité de savourer l'étrange pied de nez que la vie lui a réservé. Dommage.

Et cette Nina qui ne donne toujours pas de nouvelles…

36

Lorsqu'on a interrompu le traitement qui le maintenait en sédation, Adrien n'est pas revenu à lui comme on aurait pu l'espérer. Rose se souvient des matins où, enfant, il n'avait pas envie d'aller à l'école : il se retournait du côté du mur, ramassé sur lui-même, et continuait à dormir. C'est ce qu'il semble faire depuis qu'il n'est plus relié à des appareils. L'alimentation passe par une sonde, ainsi que les quelques traitements dont il a besoin ponctuellement, mais son cerveau a préservé les fonctions primaires. Son cœur bat seul, sa respiration est spontanée, et ses autres organes demeurent autonomes. L'examen de son système nerveux a révélé des réflexes qui témoignent d'une activité certaine. Simplement, il ne se réveille pas.

Tous les jours, un kinésithérapeute se rend à son chevet pour le masser et exercer ses muscles.

Rose vient le laver chaque matin – elle l'a demandé comme une faveur aux infirmières, qui l'aident néanmoins à le tourner puis à le reposer sur des draps frais. Elle le rase au moins trois fois par semaine, coupe régulièrement ses cheveux qui poussent drus, noirs, presque sans fils blancs, comme s'ils avaient reçu, dans ce corps qui dort, la mission de veiller. Matin et soir, aussi, Rose saupoudre ses points d'appui – talons, fesses, épaules – de son talc préféré, ce Roberts qu'il aime depuis son enfance en Italie.

À l'hôpital, les journées sont longues, mais Rose voit souvent arriver le soir sans en avoir été affectée, car sa solitude est vivante, animée par les personnages de ses lectures. Quand elle en a assez de ses tête-à-tête avec Mme de Rênal, la psychanalyste Lowenstein du *Prince des marées* ou les héros de l'*Iliade*, elle fait la lecture à Adrien. Ses livres, elle les achète en face de l'hôpital Saint-Antoine, dans une merveilleuse librairie qui est comme une caverne d'Ali Baba. Fin août, sur les tables centrales, fleurissent déjà les romans de la rentrée, qu'elle dévore un par un. Les vendeurs, après avoir conseillé Rose, écoutent maintenant ce qu'elle leur recommande, car non seulement elle lit très vite, mais elle lit tout. Puis, avec les libraires, elle fait des paris sur les prix de l'automne.

Souvent, Emily vient la chercher le soir pour rentrer à la maison. Avec Gaston, elles font de longues promenades dans un Paris encore désert. Elles dînent ensemble aux terrasses des bistrots où les chiens sont acceptés, parlent beaucoup d'elles-mêmes, d'Adrien, de littérature et de la vie. Elles sont devenues très amies.

37

« Ça fait trop longtemps maintenant, Rose, il faut se résigner. Il n'y a plus aucune chance qu'Adrien se réveille, et même si par quelque miracle ça arrivait, il resterait un légume.

– Tu ne peux pas en être sûr, Nicolas. Comme toi, j'ai lu beaucoup d'ouvrages sur le coma, et même les spécialistes ne sont pas d'accord entre eux !

– Rose, enfin ! Je sais que tu l'aimes, et moi aussi. Mais on lui a déjà fait une IRM. Et tu as vu comme moi que l'électroencéphalogramme révélait une faible activité cérébrale.

– Faible, mais pas inexistante. Pourquoi cette hâte, dis-moi ?

– Arrête, Rose. Regarde la réalité en face. Mon frère ne reviendra pas. Tu sais, si on s'y prend à temps, on peut encore faire un don d'organes...

– Je ne veux plus entendre un seul mot là-dessus, tu m'entends, Nicolas ? Adrien est vivant, VIVANT.

– Il faut être pragmatique, Adrien est… C'est un végétal. Les médecins te l'ont dit à toi aussi, non ?

– Il est hors de question que je donne mon accord.

– Ma pauvre Rose, autant pour le testament et pour ses affaires, tu as eu ton mot à dire – et tu sais ce que j'en pense –, autant, là, ce n'est plus à toi de décider. C'est moi qui tranche, je suis son parent le plus proche. C'est comme ça.

– Si tu le fais, je ne te le pardonnerai jamais, Nicolas. Jamais. Et tes parents, tu y as pensé ?

– Mes parents sont morts il y a déjà dix ans, alors… paix à leur âme. Adrien les rejoindra, ils seront bien, tous ensemble, sans moi, comme d'habitude… Et puis merde. Ne me fais pas dire des choses que je regretterais, Rose. »

Nicolas jette un œil en direction de son frère et se retourne aussitôt vers leur ancienne gouvernante : « Bientôt tu vas me dire qu'il nous entend, non ?

– Et pourquoi pas ? C'est ce que je crois. Quand je lui lis des histoires tristes, il devient… triste. Et il a l'air de sourire quand je lui parle de son chien. »

Nicolas secoue la tête en levant les yeux au ciel. « C'est pitoyable, ma chère Rose. Comment peux-tu t'aveugler à ce point ? Si on regarde la réalité en face et si on se préoccupe vraiment d'Adrien, crois-moi, la meilleure chose à faire c'est… ce que pensent ses médecins : le débrancher. »

Rose, désespérée, lutte contre la colère qui monte en elle. Comment faire comprendre à Nicolas qu'il faut laisser une dernière chance à son petit ? Si Adrien était dans un coma dépassé, si la mort cérébrale avait été déclarée, elle ne verrait aucune raison de s'opposer à la décision de son frère, elle le laisserait partir dignement. Mais là, non, c'est trop tôt, même si elle connaît le peu de chances qu'Adrien a de revenir à lui… Et s'il refaisait surface, dans quel état serait-il ? Les médecins les ont bien avertis que si le cerveau n'est pas irrigué pendant plus de trois minutes, les séquelles sont irréversibles. Tout ceci, Rose et Nicolas le savent, mais ils ne réagissent pas de la même manière. Quels mots pourraient toucher Nicolas, le faire revenir sur sa décision ? Elle ne sait plus quoi faire, elle prie pour qu'on l'aide à trouver la brèche qui préservera la vie d'Adrien, mais Nicolas la fixe, on dirait qu'il grince des dents pendant qu'il gronde tout bas : « J'ai parlé avec les médecins, Rose. J'ai demandé… j'ai demandé qu'on arrête tout. Ce soir même. C'est fini. »

38

Rose reste pétrifiée. Aucun son ne parvient à sortir de sa bouche. Nicolas n'ose plus soutenir son regard. Ses yeux se sont subitement emplis de larmes. Il va vers la fenêtre, décontenancé et furieux. Il en a assez, la pression est trop forte. Son épouse le toise avec hauteur depuis cette histoire ; Rose, qui lui avait pardonné, va maintenant le haïr à jamais, et lui… lui voudrait juste se réfugier dans les bras de sa mère… Mais c'était Adrien qu'elle prenait contre elle, toujours Adrien, le plus petit. Pourquoi ne lui a-t-il jamais montré qu'il en avait envie aussi ? Pourquoi proclamait-il, quand elle voulait l'embrasser, qu'il était trop grand pour ça ? Aucun être au monde ne l'aime, tant pis, tant mieux, il n'a besoin de personne, il doit décider tout seul de ce qu'il faut faire, son frère ne finira pas ses jours avec un navet bouilli à la place du cerveau. Ce soir même on ôtera la sonde, et très vite tout cela sera...

Soudain, la gouvernante tourne la tête. Nicolas qui, tout à sa rage, n'a rien vu, rien entendu, demeure abasourdi lorsque la porte s'ouvre, laissant passer une femme brune qui se dirige droit vers le lit où Adrien est étendu.

39

C'est elle. Comment Robert peut-il en être certain, alors qu'il ne l'a jamais vue ? Il en est sûr, c'est tout, et avant même qu'elle se présente, il a l'intuition de ce qu'elle va dire : « Je suis Nina Garbo Folco, nous n'avons pas rendez-vous mais votre assistante m'a dit que vous auriez une minute pour me recevoir. »

« Et comment, ma belle ! » pense Robert, qui la fait entrer dans son bureau et, pour une fois, baisse le store. Il connaît ses collaborateurs, se doute bien que Liliane a déjà fait passer l'information et que, dans les dix minutes qui vont suivre, un étrange ballet risque de perturber son entretien : tout le monde va avoir soudainement besoin d'aller se laver les mains ou de faire des photocopies. Non que ça le gêne, mais il a très envie de garder cette femme pour lui tout seul. C'est drôle comme, tout d'un coup, il ressent une pointe de jalousie vis-à-vis de ce pauvre Adrien, car Nina est belle, « belle comme le jour », disent les chansons, et pour une fois le cliché correspond à la vérité. Ses cheveux sombres balayent son long cou et ses épaules, ses yeux sont tels qu'Adrien les a décrits, deux mares d'eau verte bordées de longs cils, et l'ovale de son visage est modelé sur celui des madones italiennes de la Renaissance. Des jolies femmes, à Paris, il n'en manque pas, mais Nina n'est pas que cela. C'est un port de tête, un maintien à la fois sauvage et fier. Une allure.

Revenu à ses devoirs d'amphitryon, Robert s'assoit en lui faisant signe de s'installer dans un des fauteuils qui font face à son bureau. Nina éclate d'un rire bas, un peu rauque – « Quel rire incroyable ! s'émerveille-t-il. On a envie de rire avec elle, même si elle est peut-être en train de se moquer de vous. » « Moi, je veux bien m'asseoir, mais où ? » Robert, à nouveau debout, débarrasse l'un des sièges d'une dizaine de manuscrits reliés, puis s'excuse en grommelant dans sa barbe : « Cette femme… cette femme est un danger public. » Un silence s'installe, rompu seulement lorsque Nina, redevenue sérieuse, murmure : « Où est-il ? Où est Adrien ?

– À l'hôpital Saint-Antoine. Je vous y déposerai tout à l'heure, si vous voulez », répond Robert.

Nina se lève d'un bond et regarde autour d'elle, effarée. « Excusez-moi, il faut que j'y aille… » Robert se lève aussi et pose la main sur son épaule : « Dites-moi, Nina : pourquoi avoir tant tardé à répondre à sa lettre ? »

C'est un air de parfaite incompréhension qu'il perçoit alors dans les yeux de son interlocutrice. Il répète sa question, tout bas : « La lettre qu'il vous a écrite avant de tenter de mettre fin à ses jours. C'est moi qui vous l'ai envoyée, c'est bien pour ça que vous êtes ici aujourd'hui, non ?

– Mais je ne l'ai jamais reçue ! Quelle adresse aviez-vous ?

– Via dei Coronari, au numéro 12, à Rome. C'est ce qu'il avait écrit sur l'enveloppe. C'est là que vous habitez, non ?

– Oui. Mais je vous le redis, je ne l'ai jamais reçue !

– Mais alors… comment…, bredouille Robert, en farfouillant dans le désordre de son bureau à la recherche du bordereau du recommandé. Regardez, Nina. Vous avez signé, non ? »

Nina cherche ses lunettes au fond d'un énorme sac d'où elle sort pêle-mêle des mouchoirs, quelques-uns de ces biscuits qui accompagnent le café, un stylo sans capuchon et un très gros portefeuille, avant de trouver un étui à lunettes, vide. L'éditeur lui tend obligeamment sa paire de loupes, qu'elle chausse afin d'étudier le reçu. Pendant un long moment, tous deux se taisent. Puis, d'une voix blanche, une voix d'enfant, Nina murmure : « Ce n'est pas moi qui ai signé. » Robert rétorque : « Mais alors, comment avez-vous su ? » Il comprend soudain et s'apprête à poursuivre, mais Nina le devance : « Le livre. Il est sorti en italien le mois dernier. C'est Giada qui me l'a donné. Giada est mon amie d'enfance – notre amie d'enfance, devrais-je dire. Nous sommes restées très liées après les années de Ravello. Je l'ai lu hier, presque sans respirer. Et me voilà... » Nina se mouche vivement avant de poursuivre d'une voix frémissante : « Je vous demande pardon, monsieur...

– Robert. Vous pouvez m'appeler par mon prénom, comme tout le monde.

– Je vous demande pardon, Robert, mais maintenant... maintenant, je voudrais y aller. Tout de suite. S'il vous plaît. »

40

Dans la chambre d'hôpital, ni Nicolas ni Rose ne bougent. Aucun des deux ne réclame l'attention de la femme qui vient d'entrer. Transis, muets, ils cillent à peine, respirant la bouche légèrement entrouverte, au diapason d'Adrien.

Nina s'approche du lit. Soudain il n'y a plus qu'une pièce emplie d'un amour plus grand que la mort, plus fort que tout ; ils le ressentent dans leur peau, leur gorge qui palpite, leur cœur qui bat plus vite. C'est comme des rires d'enfants résonnant entre ces quatre murs qui n'ont enregistré, jusque-là, que chagrin et souffrance aveugles. Nina, dans un soupir qui est un sanglot, fait encore un pas, puis se penche et dépose un baiser sur le front d'Adrien, faisant glisser ses mains des joues aux tempes, les pressant entre ses paumes. Elle effleure de sa bouche les cils noirs, les lèvres et le cou de l'homme allongé, juste au creux de la trachée. Sous le regard médusé de Rose et de Nicolas, elle abaisse un peu le drap. Adrien en dessous est nu et pâle, glabre comme un adolescent. Et atrocement maigre. Un gémissement lui déchire alors la poitrine, brisant le charme étrange qui opérait dans la pièce depuis son arrivée. Elle remonte vite le tissu blanc, bordant Adrien avec une tendresse poignante. L'homme endormi n'a aucune réaction, seuls ses globes oculaires frissonnent sous les paupières fermées. « Autant jeter un caillou dans un lac gelé... Pauvre Nina », se dit Nicolas. C'est à ce moment qu'elle tourne son regard vers lui. Ses pupilles s'élargissent, les expressions se succèdent sur son visage, « comme le vent sur une prairie », pense Rose. Nicolas, embarrassé, se balance d'un pied sur l'autre, sans savoir que faire. Lorsqu'elle se jette à son cou, il se surprend à la serrer très fort, et maintenant, on dirait qu'il se raccroche à la personne qui doit lui sauver la vie.

41

Rose, ahurie, regarde Nicolas porter les poings à sa bouche, puis se laisser aller sur l'épaule de Nina et mêler son chagrin à celui de son amie. Trente ans, c'est long, elle a beaucoup changé, mais Nina va la reconnaître aussi, elle le sait. Discrètement, elle s'assoit sur sa chaise habituelle et attend. Elle attend d'embrasser Nina à son tour, et elle attend le miracle. Que le cœur de Nicolas s'ouvre. Depuis que Nina est là, tous les espoirs sont permis, car cette femme charrie quelque chose qui ferait fondre les glaciers. Sur son visage, Rose lit les années, les épreuves et les soucis, mais aussi une joie, une intégrité. Nina ressemble à l'enfant radieuse d'autrefois. C'est sans doute cette lumière qui l'a empêchée de tomber dans le fatalisme qui gagne si facilement les adultes. C'est cette part d'enfance préservée qui l'a empêchée d'accepter que le monde aille comme il va sans se révolter. Aujourd'hui, tout ceci éclate dans la femme que Rose a devant elle et qui pleure, abandonnée, dans les bras de Nicolas. Ils parlent tout bas, maintenant, puis Nina rit doucement, et Nicolas, d'abord surpris, rit aussi. C'est ce rire comme un roucoulement, ce rire charmant, qui tire Rose de sa stupeur. C'est peut-être le début du miracle.

Nina se retourne vers la gouvernante. Elle la considère avec attention, cherchant dans ses souvenirs à mettre un nom sur ce visage qui ne lui est pas inconnu. « Ce n'est pas Mme Isambert », pense-t-elle. Puis, reconnaissant soudain l'ancienne gouvernante : « Rose ! Vous êtes Rose, n'est-ce pas ? » La vieille femme se lève en titubant, chavirant d'émotion, pour aller s'échouer à son tour dans les bras grands ouverts de Nina.

42

À la terrasse du Café de la Mairie, sur la place Saint-Sulpice, Nicolas est assis face à Nina, le bras gauche tendu vers elle qui lui a saisi la main. Du bras droit il soutient sa tête, comme si elle était devenue trop lourde à porter. Nina lui parle de sa voix la plus tendre, et lui revoit en pleine lumière l'adolescente qu'elle était à la mort de Manu, la jeune fille qui a fait en sorte que ses parents ne meurent pas de chagrin, qui les a aidés à surmonter la peine absolue, définitive, que représente la perte d'un enfant. Pour elle, il trouve des accents de frère – ce qu'il n'arrive plus à être pour Adrien – et d'ami – lui qui les a tous perdus à force d'égoïsme et d'agressivité. De détresse, aussi, et d'amertume, voilà ce qu'il est en train d'expliquer à Nina.

« Tu tiens ta cigarette comme les gangsters de cinéma. Pose-la, tu fumes trop, Nicolas. Pourquoi tu t'infliges cette horreur ? Ça ne te suffit pas, le mal que la vie te fait déjà ?

– Je m'en veux, si tu savais, il y a si longtemps que je me... que je me conduis comme un salaud... Bon Dieu, Nina, si longtemps que je ne sais plus comment revenir en arrière ! Avec Pauline, je suis un vrai con, des sautes d'humeur à longueur de temps. Pour les enfants, je ne suis pas un bon père. Il y a toujours un souci qui passe avant eux. Je suis si fatigué, parfois.

– J'ai découvert une chose, Nicolas, quand mon petit frère est mort. Je me suis rendu compte que lorsque la vie te fait du mal, tu t'en fais plus encore. Tu as envie d'aller au bout de ta douleur, tu ferais n'importe quoi pour te détruire. Papa, après que Manu nous a quittés, s'est mis à boire. Maman prenait beaucoup de somnifères, et d'autres pilules pour tenir debout la journée. Ils faisaient chambre à part et ne se parlaient plus, emmurés dans leurs souffrances respectives.

– Comment... Qu'est-ce que tu as fait pour les en sortir ? Je n'en ai aucun souvenir.

– Je leur parlais. Je les prenais contre moi. Je les laissais pleurer. Je les écoutais. Je les aimais.

– Et ça a suffi ?

– Il faut croire que oui. J'ai lu des livres, à l'époque, qui parlaient du deuil, pour essayer de comprendre ce qui nous arrivait. Tu savais, toi, que ça provoque des changements à tous les niveaux ? Même les systèmes immunitaire et cardiovasculaire sont touchés… L'un de ces ouvrages disait que ceux qui restent se sentent abandonnés, perdus, qu'ils en veulent terriblement à l'être cher qui est parti, et s'en veulent aussi de lui en vouloir. C'est un cercle vicieux qui fait très mal, on ne dort plus, et quand on s'assoupit enfin, les cauchemars sont d'une violence inouïe. Soit on revoit la personne vivante, et lorsqu'on se réveille la peine est plus terrible encore, soit on sait qu'elle est morte, et on revit les premiers instants de la séparation. Alors, on résiste au sommeil, et on devient fou… Il n'y a que le temps qui soigne, qui emmène vers l'acceptation. Il ne me restait donc plus qu'à consoler mes parents, jour après jour, et par là je me consolais aussi, car j'avais l'impression de me rendre utile. Je m'occupais de l'intendance, je leur préparais à dîner, car ils ne mangeaient plus que des toasts au fromage ou des biscuits, debout dans la cuisine. Je mettais la table, de la musique, j'éteignais la télé. À la place qu'avait occupée mon petit frère, je déposais tous les jours une fleur fraîche. Je ne dis pas que c'était facile, parfois maman restait dans sa chambre, recluse dans un sommeil lourd dont je n'arrivais pas à la faire émerger, et souvent papa avait tellement bu qu'il ne savait plus ce qu'il disait. Mais peu à peu… peu à peu, leurs yeux ont retrouvé la lumière, comme si les larmes versées avaient fini par les laver.

– Et toi, Nina ? Comment vas-tu maintenant ? Tu t'es mariée ?

– Attends, Nicolas, on a le temps pour ça. Pour l'instant, explique-moi pourquoi tu veux qu'on débranche Adrien. Qu'est-ce qu'il se passe ?

– Tu as vu l'état dans lequel il est ? Tu sais ce qui va arriver ?

– Non, je ne connais pas grand-chose à tout ça. Enfin, comme tout le monde, les grandes lignes… Dis-moi.

– Moi aussi j'ai lu des livres pour essayer de comprendre. Le cerveau est composé d'eau, en grande partie du moins, ou plutôt, non, c'est comme de la gélatine. Lorsqu'un fragment meurt, il se liquéfie et disparaît, absorbé par les cellules tout autour. Tu sais qu'il a fait un arrêt cardiaque avant d'arriver à l'hôpital, non ?

– Oui, Rose me l'a dit. Mais on n'a pas idée du temps qu'il a pu passer dans cet état, une minute, deux… Elle m'a dit également qu'aucun examen n'avait vraiment donné de réponse.

– Nina, je t'en prie, ne réagis pas comme elle. Mon frère est en train… d'imploser. Son cerveau fond comme un glaçon au soleil. Tu crois que j'ai envie de ça ? Tu crois que c'est bien... que c'est digne, que c'est respectueux ?

– On sait combien de temps il peut rester dans cet état ? On sait s'il y a d'autres personnes qui s'en sont sorties dans ce même cas de figure ?

– Non, on n'en sait rien, en réalité. Il y a bien une durée limite au-delà de laquelle il n'y a plus d'espoir... et le temps d'Adrien est déjà... révolu. Je vais t'en parler en termes plus cliniques. L'état végétatif est difficile à diagnostiquer : une fois sur trois le patient peut être en état de conscience minimale, mais on n'y connaît pas grand-chose. Enfin, il n'y a pas de traitement qui soit applicable à tout le monde, chaque cas est unique. Pour survivre, en ce moment, Adrien n'a besoin que d'être alimenté et hydraté. Mais comment le faire sortir du coma ? Les médecins pensent... Enfin, je ne sais pas ce qu'ils pensent exactement. Ce qu'ils m'ont fait comprendre, c'est qu'on dirait qu'il ne *veut* pas se réveiller. Et chaque jour qui passe est un jour de trop.

– Rose dit qu'il y a d'autres raisons qui entrent en ligne de compte, pour toi.

– Je sais. Elle ne m'a pas caché son point de vue, elle me l'a même fait connaître assez rudement. Tu n'as pas suivi l'enchaînement des événements, tu n'étais pas là, tu ne peux pas imaginer. Tu te souviens comme on était, Adrien et moi ?

– Vous étiez... »

Nina lève sa main vers Nicolas, l'index et le majeur superposés : « Comme ça. » Puis elle continue : « Je me rappelle la fois où on est allés faire un tour sur l'archipel de Li Galli. Les gardiens nous avaient surpris et couru après, Adrien était tombé, s'écorchant les genoux… et toi, tu étais revenu sur tes pas et l'avais pris sur ton dos.

– Mais quand il a commencé à rivaliser de sauts de l'ange avec Enzo, son regard sur moi a changé. J'avais des vertiges tels que je m'évanouissais… Encore maintenant, rien que d'y penser…

– Votre fierté vous égare, vous, les garçons. Si vous saviez comme ces grandes démonstrations de force sont risibles, au fond.

– Arrête, Nina. Tu sais bien que les filles disent aimer les poètes mais couchent avec les gorilles. Vous êtes des hypocrites…

– Oui, bon. Revenons à Adrien. Il y a une raison, une urgence, quelque chose que je ne sais pas ?

– Non. Je n'en peux plus, c'est tout. Le voir comme ça est insoutenable. Et Rose peut me soupçonner du pire, mais…

– Pourquoi en veux-tu à Adrien ?

– Parce que… parce qu'il m'a exclu de sa vie. Parce qu'il a préféré sa satanée solitude à son frère. Parce qu'il ne m'admirait plus, depuis longtemps.

– Nicolas... ce n'est pas suffisant. Il y a forcément autre chose. Je t'en prie, dis-le-moi. Fais-moi confiance.

– J'ai toujours aimé mon frère. Parfois, je l'aimais même tellement que je me disais que j'aurais pu mourir pour lui... Au cours d'une bataille, par exemple, je me voyais prendre une balle à sa place. Scénarios d'enfant, d'accord, mais pour moi, c'était la réalité. Et rien que cette pensée me terrorisait. Une sorte de rébellion naissait en moi, comme un appel au secours : "Et moi, et moi ? Qui m'aime comme ça, moi ?" Alors, je le détestais de l'aimer autant. Ce sentiment de révolte m'a accompagné toute ma vie, tu sais ? C'est pour ça que je me conduis mal, souvent, avec ma femme. Les émotions me font peur. Le trop-plein d'amour m'épouvante... Je l'ai lue, sa lettre pour toi. J'ai été le premier, d'ailleurs... Je ne me doutais pas de ses sentiments, ni des tiens... et lorsque j'ai compris, mon cri d'enfant est revenu : "Et moi, et moi ?"

– Tu as essayé de lui parler ? Avant son suicide, je veux dire.

– J'ai appelé une fois. Il n'était pas disponible. Je n'ai pas réessayé. J'étais blessé. Déçu. Et quand j'ai trouvé le testament, ça m'a achevé.

Rose t'a raconté, j'imagine. Tu sais que j'avais dérobé la lettre ainsi que le testament, non ?

– Oui. Et... j'ai quelque chose à te demander.

– Je crois savoir de quoi il s'agit. C'est non.

– Si. Au nom de notre amitié, je te le demande : laisse-moi un peu de temps. Après, je repartirai en Italie. Tu prendras la décision qui s'imposera. »

La rancune, l'obstination, raidissent la bouche de Nicolas. Alors, Nina abat sa dernière carte :

« Tu m'as presque tout avoué. Mais tu ne veux pas me dire... le reste. Sache que je t'aime comme tu es. J'accepte tes faiblesses, tes fragilités. Je ne te juge pas, et jamais je ne te jetterai la pierre. Quand le roman est sorti, qu'est-ce que tu as éprouvé ? »

Un cri assourdi retentit. Quelques têtes se tournent vers leur table. Nicolas retire la main que Nina emprisonnait, son visage se lève, regard au plafond. Des larmes de colère voilent ses yeux : « J'ai été furieux. Même à moitié mort, Adrien était toujours au centre de l'attention. J'ai eu envie qu'il crève, qu'il me laisse la place, enfin... J'aime infiniment mon frère, et j'en suis infiniment jaloux. Et merde, voilà, tu sais tout maintenant.

– Tu veux toujours qu'il meure ? Un mot de toi, et c'est ce qui va se passer. Ensuite, tu auras toute la vie pour le regretter. »

Nicolas fixe Nina sans vaciller, puis baisse le regard vers la table, et lorsqu'il le lève à nouveau vers elle, il fait juste un signe de la tête. Nina a gagné.

43

Un visage de femme, nu, est penché sur celui d'Adrien. En caressant ses tempes où des cheveux fous bouclent, Nina se dit qu'il se repose de ce terrible amour sans issue, du manque qu'il a eu d'elle. Le cœur ne doit pas rester trop longtemps inconsolé.

Rose vient de sortir de la pièce. Nina s'en rend à peine compte, absorbée dans sa contemplation. Il est si maigre, si blanc sur ce lit, si seul et fragile, que de nouvelles larmes lui montent aux yeux. C'est de la compassion et du regret. Il va falloir le lui dire. Il va falloir lui raconter ce qui est arrivé.

Tard le soir, l'infirmière découvre Nina endormie sur une chaise, la moitié du corps étendu sur celui d'Adrien. Sur la table de nuit encombrée, une icône de la Vierge côtoie une petite bougie qui continue de brûler. L'infirmière sort sans faire de bruit. Nina, malgré tout réveillée, lève la tête. Son regard va du visage d'Adrien au lumignon. La flamme se reflète dans ses pupilles vertes, dorées, un quartier de lune sur un étang endormi.

C'est la nuit, maintenant, et dans cette petite chambre d'hôpital, rideaux tirés, une femme parle à un homme comme on écrit un poème. Elle vibre, roseau dans la brise, en murmurant des mots qu'elle n'a jamais prononcés pour personne. L'homme semble l'écouter, perdu pourtant dans une mer calme, noire, profonde. Si loin, si près.

44

Mon amour. Jamais je ne t'ai appelé ainsi. Je crois, je sais que tu peux m'entendre, Adrien. Écoute-moi. Je ne vais rien te cacher.

Amore mio. J'ai le temps de te dire ces mots encore et encore avant que tu t'en ailles peut-être pour toujours. Je veux qu'ils pénètrent jusqu'à ton cœur, qu'ils le réchauffent, qu'ils le caressent, qu'ils le baignent tout entier. J'aimerais tant qu'ils puissent te réveiller ! J'ai tellement envie que tu saches ce qui s'est passé, ce que je n'ai pas compris. J'étais jeune, ce n'est pas un prétexte, et malgré mes airs effrontés, aussi timide, aussi farouche que toi.

Adrien. La vie nous a cruellement séparés, nous qui croyions à la magie du ciel, de la mer et du monde, et à leur beauté. Pourquoi n'avons-nous pas eu le courage de nous prendre par la main, comme on le faisait petits, et d'y croire ? Ta lettre, Adrien, je l'ai lue en italien, sous forme de roman, à un moment où tout vacillait. Elle m'a ouvert les yeux. Je me suis souvenue de chaque détail, de chaque moment, moi qui m'étais obligée à l'oubli, au silence, et condamnée au regret. Pendant que je te lisais, les larmes coulaient, puis un cri est né au fond de moi, il a jailli sans que je puisse rien faire pour l'arrêter, et c'est ce cri qui m'a libérée de toutes ces années de soumission aux règles, au tiède et confortable quotidien que je m'imposais.

Depuis vingt-deux ans que je suis mariée à Enzo, jamais je n'ai pu cesser de penser à toi. Souvent je me le reprochais, je me disais que c'était un rêve de jeune fille, que si tu avais éprouvé les mêmes sentiments que ceux que je ressentais pour toi, tu me les aurais avoués, proches comme nous l'étions. Je me traitais de tous les noms, de stupide fleur bleue, de petite fille qui rêvait trop fort. L'amour tel que je le concevais ne nous est pas donné, me disais-je, c'est un leurre, une construction mentale, un mythe. Seule existait cette relation d'aide mutuelle avec l'homme qui avait choisi de m'accompagner dans la vie. J'ai eu deux enfants avec Enzo, tu sais ?

Ils sont grands maintenant. Lorenzo a dix-sept ans et Vera, dix-neuf. L'âge que j'avais quand nous nous sommes vus pour la dernière fois, quand tu es reparti pour Paris et moi pour Rome. J'attendais que tu m'embrasses, ce jour-là. Je n'en avais pas dormi de la nuit, pensant qu'enfin, nous allions nous dire que nous nous aimions. Ce baiser aurait tout changé. Pourquoi ne me l'as-tu pas donné ? Pourquoi n'ai-je pas osé, moi non plus ?

45

Je me souviens parfaitement, moi aussi, de la première fois que je t'ai vu. J'étais sur cette terrasse entre ciel et mer que j'aimais tant. On m'avait dit que de nouveaux hôtes allaient arriver de Paris et j'étais curieuse de vous connaître, Nicolas et toi. Je faisais mes entrechats lorsque tout d'un coup tu as été là, à me fixer de tes grands yeux, si sombres et affamés que j'ai eu l'impression que tu allais me dévorer. Tu m'as fait un peu peur, si immobile, silencieux. Tu étais grand pour ton âge, et maigre, et pâle sous tes cheveux noirs qui bouclaient sur ta nuque et ton cou. Tes lèvres restaient légèrement entrouvertes, comme si tu avais du mal à respirer pendant que tu me fouillais du regard. Les mains dans les poches de ton bermuda, tu étais droit et attentif, et je t'ai trouvé beau, si beau que j'en ai été profondément troublée. Je t'ai parlé, tu ne m'as pas répondu. J'ai cru que tu allais te retourner et partir, que je ne t'intéressais pas. Qu'est-ce que j'ai pu te dire pour que tu me souries, oh ! à peine, en regardant mes pieds ? Je les ai regardés aussi. Je portais de vieilles espadrilles toutes déformées, ça m'a fait rire, et c'est vrai, tu sais ? C'est ce rire, comme tu l'as écrit dans ta lettre, qui nous a donné confiance, en nous-mêmes d'abord, puis l'un vis-à-vis de l'autre. C'est ce rire qui a effacé nos craintes, c'est par ce rire que nous sommes devenus amis.

Comme je suis fatiguée ! Pas de te veiller, de te parler, non, ça c'est une joie. Fatiguée par toutes ces années vécues sans toi, à faire semblant de ne pas y croire. C'était pourtant la seule chose vraie, la seule chose pour laquelle il aurait fallu vivre. Tu as choisi d'en mourir, et même en ceci, tu sais, je trouve que tu as été plus courageux que moi.

C'était le 8 novembre dernier. Je me souviens bien de cette date. Cette nuit-là, je me suis redressée d'un bond contre mes oreillers, alors que j'étais profondément endormie. Enzo n'était pas là – il rentre souvent très tard, ou ne rentre pas du tout. Il pilote des avions de tourisme, et moi, ça fait longtemps que je n'écoute plus ses éternelles excuses sur une urgence qui l'aurait retenu. C'est curieux comme je me sens plus seule quand il est à côté de moi que quand il n'y est pas… En tout cas, je dormais sans lui, et je rêvais que tu étais près de moi, muet, sérieux. Tes cheveux me chatouillaient les lèvres, le nez. Tu étais si proche que je pouvais sentir ton souffle chaud sur mon visage, puis tu as ouvert la bouche et murmuré : « Me voilà, Nina. Je suis revenu. » Le rêve était si vrai que pendant les quelques instants où je suis restée suspendue entre sommeil et éveil, j'ai cru que c'était la vérité. Que s'est-il passé après ? La joie s'est brusquement muée en une panique qui m'a sortie du lit et poussée à regarder par la fenêtre. J'avais l'impression que quelqu'un dehors me guettait. C'était impossible, je le savais, nous habitons au troisième étage, mais je n'ai pu m'en empêcher. Et là, mon Adrien, c'est incroyable ce que j'ai vu : tes yeux, ton visage dévasté. Tu me parlais, je ne pouvais pas t'entendre, alors tu as répété plus lentement, en l'épelant presque, un mot : « Adieu. » Puis tu as disparu. Seul mon reflet s'attardait sur la vitre noire désormais. Un sanglot m'a étranglée, j'étais raide de douleur mais je ne pouvais même pas pleurer.

Il m'a fallu longtemps pour retrouver mon calme. Je me suis préparé une tasse de chocolat chaud, je me suis même brûlé les lèvres en le buvant, pourtant je n'ai pas réussi à faire cesser les tremblements qui me secouaient. Mes dents claquaient, j'étais transie de froid sous la couette dans laquelle je m'étais enroulée, je ne pouvais me réchauffer. Le reste de la nuit, je l'ai passé comme ça, à penser à toi, à nous, à tout ce que nous avions perdu.

Je vais te laisser, mon amour. Le matin est déjà là, bientôt ils vont venir s'occuper de toi. Je reviendrai ce soir. Il faut que je te parle de cette lettre que tu m'avais envoyée, que je t'explique ce qui s'est passé. *A stasera, amore mio.*

46

Chez Senso, Emily travaille dans un petit bureau au fond d'un couloir aveugle. Elle y est restée tout l'été, n'a pas voulu prendre un seul jour de congé, trop heureuse de savourer ces heures longues, pleines, qui se déroulent lentement loin de tout et de tous dans une ville offerte. Car Paris, au mois d'août, a été exquis, une série de journées fraîches douchées par des pluies allègres entre trois rayons de soleil torride. Les trottoirs lavés par les bourrasques, les premières feuilles des marronniers échappées aux branches, disséminées à travers les rues silencieuses, mouillées, sous des ciels immenses où couraient des nuages bleus, l'ont enchantée. Elle continue de lire des manuscrits en langue anglaise, comme avant, en français aussi, apprend le langage à tenir lorsqu'on contacte les écrivains. C'est Robert lui-même qui lui a clairement indiqué qu'elle pouvait, si elle en avait l'énergie, « l'appétit », comme il a dit, s'occuper de cela également. Emily a été déstabilisée quand elle a compris de quoi il s'agissait : il lui offrait une tâche ardue. Elle a eu peur, c'est vrai, mais elle n'a pas hésité à l'accepter : dorénavant elle répondrait aux auteurs qui envoyaient leurs œuvres par la poste. Que ce soit à elle, Emily, de dire à quelqu'un – après s'être concertée avec les autres lecteurs de Senso, tout de même – si le manuscrit intéressait la maison d'édition, lui a semblé surprenant. Mais Robert a su l'apaiser quand, au bout d'un mois de ce travail, elle l'a sollicité pour lui faire part de sa perplexité. En la regardant bien en face, il lui a déclaré : « Fais une fiche. D'un côté de la feuille, pointe les bonnes choses – si l'histoire tient, si l'écriture est fluide, si tu es convaincue par ce qu'on te raconte, si la structure est en place. De l'autre, indique ce qui ne va pas. Ensuite, et c'est la chose principale, donne ton avis : est-ce que ça te plaît ? Est-ce que ça te touche ? Est-ce que tu aurais envie de lire ce livre, une fois le travail d'écriture abouti ? C'est ton sentiment que je veux. C'est ça qui compte pour moi. Aie confiance dans tes goûts. Dans tes aversions aussi… J'en ai refusé, moi, des manuscrits qui ont été publiés ailleurs, et qui ont même eu du succès. Mais tu sais, je m'en fiche. Pense à ton plaisir, Emily. C'est ce qui m'intéresse, n'oublie pas : ta faim d'un auteur. Ton envie de le publier. »

Maintenant qu'elle se sent à l'aise dans son rôle, Emily est plus tendre, plus indulgente. Elle a compris à quel point l'écriture peut écorcher, blesser, ravager ceux qui s'y attaquent de front. En six mois, la jeune fille s'est rendu compte qu'il est rare de voir un roman arriver à un éditeur sous sa forme définitive. Parfois, il y a une grâce, une écriture, mais toute l'histoire est à revoir, à retravailler. Souvent, il s'agit d'un récit autobiographique masqué. Incroyable, se dit Emily, comme l'écriture est encore de nos jours une voie royale. Mais vers quoi ? Adrien, dans sa lettre, disait : « Ce n'est pas parce qu'on sait coucher des paroles sur un papier, sans fautes d'orthographe ni erreurs de syntaxe, qu'on est capable de faire entrer l'autre dans ses émotions, ses sentiments, ses pensées les plus secrètes. » Cette phrase, Emily l'a recopiée et punaisée au-dessus de son minuscule bureau. Si l'écriture n'a pas sauvé Adrien, depuis qu'il a ouvert son cœur à travers cette lettre à Nina, la vie de quelques personnes a changé. Celle de Nina, bien sûr, mais également celles de Rose et de Nicolas. Et la sienne, évidemment. Pour ne parler que de ceux qu'elle connaît, car Emily est sûre que les lecteurs, à leur manière, ont pris possession des mots d'Adrien, que chacun en a tiré une nourriture, un soutien peut-être. Si avant de trouver cette place dans la maison d'édition, Emily avait une passion pour les romans, aujourd'hui cette ardeur s'est muée en quelque chose de plus réfléchi. Elle est moins brûlante, mais plus claire : entrer dans le monde des livres, pour elle, a été comme entrer en religion pour ceux qui ont la vocation. Ce n'est pas tous les jours l'ascèse, mais le rituel est là pour l'aider à trouver un équilibre. Des mots sur un papier, il n'y a rien de plus gratuit, de plus facile, semble-t-il : on crée des univers entiers sans besoin de machinistes, d'ingénieurs du son, d'opérateurs, de décors, de millions de dollars de production. C'est aussi risqué : à quoi ça sert ? Emily n'a pas de réponse à cette question. Mais elle sait que c'est ce qui l'intéresse le plus dans la vie.

47

Les animaux ne sont pas admis dans les hôpitaux, mais Rose s'est mis en tête d'emmener Gaston au chevet d'Adrien. La vieille gouvernante est sûre que la présence du chien ne peut que faire du bien à son petit, et depuis qu'elle connaît la vie quotidienne de Saint-Antoine, elle a vu comment les codes se brouillent devant l'urgence, la mort annoncée. Alors, quel mal peut-il faire ce brave chien, très propre au demeurant, dans ce lieu où tant de vies s'éteignent tous les jours ? Emily la traite de rebelle dans l'âme, de révoltée, de résistante en herbe, et cela fait plaisir à Rose, qui toute sa vie a été timorée, prudente, effacée. Elle aurait mieux fait de s'affirmer, de prendre parti, de faire entendre sa voix ! Elle aurait mieux fait de s'immiscer un peu plus dans le chagrin d'Adrien, au lieu de le laisser se morfondre pendant si longtemps. D'avoir le courage d'entreprendre Nicolas, aussi. Rose ne sent plus peser le poids des ans sur ses épaules, s'habille avec de nouveaux vêtements qu'Emily lui a dénichés, lit Haruki Murakami, s'amuse d'un rien, sourit dans la rue à des inconnus qui lui rendent son sourire, le plus souvent. Avant, elle avait peur de tout, maintenant, il lui semble que cette peur est tombée comme une vieille peau qui ne sert plus à rien. Si seulement Adrien pouvait revenir ! Nina l'aime, ça se voit. La dernière nuit, elle l'a encore passée à côté de son lit, ce matin il y avait des traces de sa présence : une rose blanche comme celles qu'elle-même aimait disposer dans l'appartement. Cette icône de la Vierge qu'elle a rapportée de Rome. Des bougies, des brins d'herbe, des feuilles, des bouts de bois, tout un univers de signes minuscules pour dire que la vie est toujours là, qu'elle bat même dans les indices infimes de l'existence muette d'Adrien. Et puis soudain, une illumination la traverse : elle vient de trouver le moyen de faire rentrer Gaston à l'hôpital.

48

Lorsque Nina entre dans la chambre d'hôpital, ce soir-là, une étrange scène se déploie sous ses yeux : qui est cette femme en perruque rose poudré, aux énormes lunettes noires, une canne blanche à la main ? Et ce chien, affublé d'une casaque blanche à croix rouge, en train de lécher avec frénésie une main d'Adrien ? Main dont la pose d'abandon lui serre immédiatement le cœur, même si le chien et la femme à perruque ont l'air ravi. Emily est là aussi, qui lui fait un petit signe et une grimace à la fois réjouis et résignés.

« Qu'est-ce que c'est que cette comédie ? » dit Nina, reconnaissant Rose et embrassant la joue fardée de la gouvernante, douce comme un pétale de fleur un peu fané, sous les joyeux glapissements du chien.

« Eh bien… c’est tout ce que j’ai trouvé pour faire rentrer Gaston, le chien d’Adrien, à l’hôpital. Je me suis dit que personne n’aurait le courage d’embêter une vieille aveugle, un peu folle de surcroît. »

À cette réponse, le rire commence à chatouiller le nez de Nina. Rose baisse ses lunettes noires pour la fixer, la perruque rose un peu en biais, et, Nina ne sait pourquoi, ce détail lui met les larmes aux yeux. En vain, elle essaye de contenir ce fou rire imbécile mêlé de pleurs qui grandit jusqu’à exploser. Elle se laisse tomber sur la chaise près d’Adrien et prend à pleines mains la tête du chien, la secouant et riant de plus belle : « Gaston ! » C’est si bon de lâcher prise même si elle a honte de ce rire, car elle pense maintenant à ce qu’a dit Nicolas, « un navet bouilli » à la place du cerveau, mais au lieu de la désespérer, cette expression manque la faire tomber en syncope, elle ne peut plus s’arrêter, il faut qu’elle se calme, elle n’en peut plus, ses côtes lui font mal, toutes les angoisses, les drames, la mort même, sont insignifiants devant ce rire-là, rien n’a plus d’importance que la vie à cet instant, et Rose et Emily rient avec elle, sans comprendre, simplement parce que c’est cela qui compte à cet instant.

49

Mon amour, ce soir je vais te raconter ce qui s'est passé lorsque vous êtes partis, Nicolas, tes parents et toi, du *palazzo* Scarpariello à la fin de ce premier été. Je ne puis encore te dire ce qu'il est arrivé lorsque tu m'as envoyé ta lettre, il y a si longtemps. Je ne me sens pas prête, excuse-moi. Pour l'instant, juste quelques souvenirs que j'ai envie de partager avec toi.

Tu m'as demandé ce que j'étais devenue, si j'avais exaucé mes rêves d'enfant, être danseuse et élever des lucioles. La danse, je l'ai laissée tomber avant même mon mariage avec Enzo. Il était jaloux, ne voulait pas me voir monter sur une scène devant des gens qui auraient pu me désirer. C'était simple à interpréter mais je n'ai pas compris, car il a enveloppé son aversion de considérations beaucoup plus raisonnables, la maison dont il fallait que je m'occupe, les enfants que nous aurions bientôt, et tout un système de verrous qui se mettait insidieusement en place autour de moi. Mes parents, perplexes, m'ont vue délaisser mes goûts l'un après l'autre pour adopter les siens, jeter mes jeans et mes tee-shirts, me couper les cheveux, prendre des poses sages qui n'étaient pas les miennes, moi qui n'aimais que me balader et cueillir des feuilles, des fleurs pour mon herbier, moi qui étudiais ma danse quatre à cinq heures par jour. Et puis j'ai été enceinte, mon second enfant est arrivé très vite après le premier, je me suis tout à fait transformée en mère et, je t'assure, on n'a plus beaucoup le temps de penser à ce qu'on était, à ce qu'on faisait avant, entre les allaitements – oui, je les ai allaités tous les deux –, les couches, les dents. Enzo s'était apaisé, son nouveau boulot démarrait bien, ses premières missions déjà l'emmenaient loin de la maison, et les enfants étaient là pour me garder.

Quant à élever des lucioles… Un métier d'avenir, non ? Je le crois toujours, tu sais. Il n'y en a presque plus, elles ont été décimées par les pesticides dont, depuis des dizaines d'années, on asperge nos cultures. Si tu savais ! Même les coquelicots, même les bleuets ne fleurissent plus dans les champs de blé en Italie ! Tout est sec, ordonné, rien ne dépasse des lisières, pas même les violettes qui ne poussent plus dans les fossés. Et je ne te dis pas ce que je pense des OGM mais je crois que tu serais amusé de voir comme mon âme de petite fille révoltée ressurgit quand je repense au monde plus naturel, plus juste dans lequel nous avons vécu, toi et moi. Tu te souviens ? On pouvait rester des heures à regarder le ballet des lucioles sur les chemins parfumés d'immortelles, on était fascinés par leurs mouvements gracieux ! Des nuages entiers palpitaient au cours des nuits sans lune, au diapason des étoiles, battant les temps des *lampare*, en pleine mer. Le noir de l'eau en bas, le noir du ciel au-dessus de nous, et cette douceur dans l'air, cette nature secrète aux odeurs d'herbe sèche qui, dans mon esprit, est liée à mon amour pour toi... Je te le promets, Adrien, je te le jure, si tu reviens, nous ne vivrons pas dans le monde tel qu'il est aujourd'hui. Nous irons, ensemble, recréer tout ça, nous retrouverons le temps sacré et nos belles nuits dorées. Reviens. Rien n'a de sens si tu n'es pas avec moi.

50

Un autre souvenir, plus gai, *amore mio* : nos excursions dans le domaine mystérieux de la villa Cimbrone. Ce lieu, tu ne peux qu'être d'accord avec moi, est l'un des plus beaux au monde. Au cours de tes voyages, as-tu déjà visité semblable merveille ? Il y avait une cloche, une grosse cloche en argent au bout d'une corde, qu'on tirait si on voulait pénétrer dans le parc peuplé de statues et de cyprès. Je dis « peuplé » exprès, car nous sentions bien que nous n'y étions pas seuls. Une cohorte de fantômes accompagnait nos pas, « des âmes errantes », disais-tu moitié plaisantant, moitié sérieux. Cet endroit qui avait vu vivre les amours de Greta Garbo – Garbo, comme moi, t'émerveillais-tu, alors qu'en Italie c'est un nom courant – et d'un musicien d'Hollywood, où Wagner aimait se promener, était à l'époque abandonné par ses habitants. Un vieux monsieur vivait là, qui nous laissait entrer en ronchonnant et refermait derrière nous le lourd portillon médiéval en bois. Ce que nous préférions, dans ces immenses bois centenaires, c'était la terrasse sur la mer. Des bustes de femmes en pierre veillaient sur la balustrade, et combien d'heures avons-nous passées, étendus, à attendre que les étoiles filent dans un firmament si pur, si bleu, que nous aurions pu nous croire au paradis. On rentrait tard ces nuits-là, les parents nous rabrouaient, Manu qui n'avait pas le droit de se promener le soir nous en voulait un peu, mais nous voguions, toi et moi, dans un univers d'harmonie si absolue que le reste importait peu, égoïstes et sourds à tout ce qui n'était pas nos discussions sans fin, nos mains enlacées, nos corps si proches que le simple fait de se frôler nous donnait le vertige.

Mon Adrien, est-ce que tu m'entends ? Ou bien es-tu déjà dans cet univers fait d'astres et de ciel noir ? Si c'est le cas, je prie ce soir pour que l'air autour de toi ait la même pureté que dans ce souvenir.

51

Merveille de Paris l'été. Emily ne s'en lasse pas, elle voudrait que cette saison dure toujours, avec ses rues avides, ses bruits assoupis, les odeurs des feuilles dans le jardin du Luxembourg lorsqu'elle se promène à l'heure du déjeuner, un ou deux manuscrits dans son sac, lourds sur son épaule, et qu'elle n'arrive à se poser nulle part pour les lire car les orangers de quatre saisons sont en fleurs, les garçons ont des regards trop inquisiteurs et elle ne veut pas, ne peut pas cesser de marcher et de respirer cet air chargé de vapeurs fleuries, indécises, masquées. Le téléphone ne sonne guère, les bureaux restent inoccupés, septembre viendra bien assez tôt. Pour l'instant, les abeilles bourdonnent comme si elles se croyaient loin d'une ville, et dans leurs ruches le miel se fait, abondant des pluies nocturnes et de ce soleil qui, en une heure brûlante, grille le haut des herbes folles.

Le lendemain de sa rencontre avec Nina à l'hôpital, celle-ci lui a demandé si elles pouvaient se voir. Emily a détecté un tremblement dans sa voix. Elle est impatiente, curieuse de savoir pourquoi Nina désire la rencontrer, seule. Et elle-même a tant de choses à lui demander...

Assises sur les chaises vertes, inconfortables et immuables, près de la fontaine Médicis, elles ne savent par où commencer. Le soir est proche, le ciel orange et vert clair, les jours raccourcissent déjà. Une lumière rasante, d'une douceur terrible, anime les corps des deux adolescents de pierre au bout du bassin. Nina et Emily se taisent. Ni l'une ni l'autre ne sont de celles qui meublent le silence de mots inutiles, et si leur mutisme les gêne, elles ne le montrent pas, sachant que ce dont elles vont parler ne peut se formuler facilement. Emily, blonde, aux yeux clairs, est l'image inversée de Nina, brune, sombre, élancée, si italienne à côté de la jeune fille du Nord. Puis Nina murmure : « Je tenais à vous remercier, Emily. Sans vous, je ne serais pas ici, je n'aurais pas revu Adrien. » Emily, qui ne sait quoi répondre, se tait toujours, mais maintenant ses yeux, levés vers le visage grave de Nina, sourient. Nina continue : « Je voulais également vous remercier de ce que vous faites pour Rose. Vous voir ensemble, comme l'autre jour, a été pour moi incroyablement réconfortant. C'est une chance pour elle aussi de vous avoir rencontrée. » Emily attend toujours. Elle est émue, certes, mais ne croit pas une seconde que c'est seulement pour cela que Nina a tenu à la voir. L'Italienne se saisit des mains de la jeune fille et poursuit, la voix tremblante : « Oh, Emily ! Revoir Adrien dans ces conditions... C'est comme si on m'avait brisé le cœur une seconde fois, et je ne peux raconter à personne d'autre qu'à lui ce que je ressens, mais... il est si loin... je ne peux plus espérer, mais je ne peux pas non plus ne pas continuer à le faire. » Les derniers mots sortent dans un soupir : « Comment je vais y arriver ? » Emily renifle, se racle la gorge, puis dit : « Qu'est-ce que je peux faire pour vous ? » Nina porte alors la main à son visage, chasse d'un poing rageur les larmes et chuchote : « Deux choses, Emily. J'aimerais vous donner un poème pour Adrien, je voudrais que vous le lisiez et, si vous et Robert le pensez possible, que vous le publiiez à la fin de la lettre qu'Adrien m'a envoyée, lors d'une prochaine impression du roman. Et puis...

– Quoi ? Dites-moi, l'encourage Emily, déjà secouée par la première demande de Nina.

– Je suis si seule. Trop. Je suis forte, vous savez, mais là... Rentrer dans ma chambre d'hôtel vide, allumer la télé, pleurer... j'en ai assez. Je n'ai jamais rien demandé à personne jusqu'à aujourd'hui, mais j'ai besoin de vous, de votre compagnie, de votre rire aussi. Je l'ai compris lorsque je vous ai vue l'autre jour dans la chambre d'Adrien. J'ai envié votre complicité, la tendresse qui vous lie, Rose et vous. Il y a une chose que la lettre d'Adrien m'a apprise, c'est qu'on peut tous mourir de solitude. S'il vous plaît. Demandez à Rose si je peux venir habiter chez vous, avec vous et Gaston, le temps... le temps qu'il faudra. »

Emily prend la main de Nina et la serre fort en lui répondant du regard. Elle n'a nul besoin de demander l'avis de Robert ou de Rose. C'est oui. Mille fois oui.

52

Je revois ton visage d'autrefois. Certains instants sont restés imprimés en moi, on dirait presque des photos. Je revois ta bouche ouverte dans une interrogation, cherchant l'air comme si tu te noyais. J'ai repensé à cette seule fois où nous avons dormi l'un près de l'autre. Tout ce temps perdu. Jamais nous ne nous serons caressés, jamais même nous ne nous serons embrassés. L'autre nuit, j'ai relevé le drap qui te couvre. Je connais ton corps, car nous avons longtemps été innocents et nus. C'est vrai que tu es chétif après tant de mois d'immobilité, vrai aussi que tes muscles ont fondu, mais tu es toujours là, je le sens. Je ne peux pas me faire à l'idée que tu vas partir. Si mon esprit le sait, s'il ne cesse de m'en avertir, mon cœur continue à croire que tu ne vas pas me laisser.

Ce n'est pas la curiosité qui m'a poussée à ôter le drap. C'est le désir. J'ai passé mes mains sur toi en commençant par le cou, la trachée où la petite plaie qu'on t'a faite s'est refermée, et j'ai déposé un baiser juste là, au milieu. Je sentais ton sang courir en dessous, et il me semble que lorsque j'ai mis ma joue sur ta poitrine – tu n'as pas beaucoup plus de poils qu'à l'époque, mon amour ! –, ton cœur s'est mis à battre plus vite. J'ai longuement caressé tes épaules, tes bras, tes poignets, tes mains. Elles ne sont pas grandes pour un homme. J'ai revu tes doigts effleurant les herbes lorsque nous restions étendus à regarder les étoiles, arrachant à l'aveugle une feuille, une tige, les froissant, les portant à tes lèvres, et l'odeur même de ce geste ancien, un geste que je croyais oublié, est revenue. J'ai continué mon exploration, contournant avec soin les canules, les tuyaux reliés aux poches qui te maintiennent en vie. Ta peau est aussi serrée, aussi polie que celle d'une fille, blanche et lisse comme un caillou dans un ruisseau. Un peu trop douce pour un homme, j'ai pensé, mais c'est ça qui m'a toujours plu chez toi, ce mélange de délicatesse et de virilité qui se percevait aussi bien dans ton caractère que dans ton aspect. Tu as encore ton allure d'adolescent, même si j'ai remarqué des plis, des rides que je ne connaissais pas. Je les ai embrassées une par une, ces marques que le temps a laissées. Je ne sais pas comment, là où tu es en ce moment, tu as ressenti ce que j'ai fait après. Je n'ai pas pu m'empêcher de faire courir mes mains sur tes os iliaques, sur tes hanches. Il m'a semblé que ta peau frissonnait à mon contact. C'était un moment si doux, Adrien, je n'avais plus envie de bouger... C'est drôle, je te dis tout ça comme si c'était un autre que je caressais... Qu'as-tu ressenti quand j'ai pressé mon corps sur le tien ? Je sais, depuis que je passe mes nuits à ton chevet, que personne ne rentre dans ta chambre entre minuit et trois heures du matin. Ton souffle dans le mien, je me suis endormie. Me réveiller près de toi a été si cruel que j'aurais voulu qu'on nous prenne, qu'on nous emporte au même instant, tous les deux. Je n'ai pas le courage, pas la force de recommencer. Ce n'est pas parce que j'ai honte, ou peur qu'on me surprenne, et qu'on pense... je ne sais quoi. Je m'en fiche, Adrien, je suis au-delà de ça.

La première fois que j'ai fait l'amour, c'était un an après que nous nous étions vus pour la dernière fois. Toute l'année j'avais attendu un signe, un mot, une lettre, et l'été suivant, je me suis retrouvée seule à Ravello. Notre bande s'était disloquée, puis Enzo est arrivé.

La douleur ne tient pas les distances. Elle avance par vagues, elle te recouvre, tu ne vois rien, tu n'entends plus. Ça anéantit le quotidien. Tous ceux qui le savent en parlent de la même manière, je m'en étais déjà aperçue à la mort de mon petit frère. Tous ceux qui savent chuchotent les mêmes mots, comment cette marée te submerge, comment elle libère les émotions. J'en avais fait l'expérience en moi-même, avec mes parents aussi. C'est « surprenant », voici le mot qui revient pour décrire le manque, le vide. Un instant avant, on se croit normal, un instant après, plus rien n'est pareil. Les symptômes, mon Adrien adoré, je peux te les décrire en termes physiques – et comment m'empêcher de penser que pour toi aussi, c'était ça. La gorge qui se bloque, la sensation de suffoquer, et puis ces soupirs qui n'en finissent pas, les muscles qui lâchent, les jambes et les bras qui cèdent, et enfin, les larmes qui surgissent où qu'on soit, à un dîner, au milieu de la foule ou dans un magasin. Ces derniers jours, c'est ce que j'ai éprouvé. Je marche dans la rue et brusquement les sanglots m'étranglent. Plus d'une fois j'ai dû m'appuyer contre un mur, car les larmes m'aveuglaient. Je ne peux que rester là, le temps que mon cœur, qui bat à grands coups, se calme. Et je dois continuer, alors j'achète mon ticket dans le métro, je mange quelque chose même si je ne sais plus ce qu'est la faim, je téléphone à ceux qui attendent mes appels. Voici ce que je ressens depuis que je me dis que tu ne reviendras peut-être jamais.

Quand un dauphin perd sa compagne, il refuse de s'alimenter. Quand dans un couple d'oies l'une meurt, l'autre divague en cacardant, la cherchant de tous côtés jusqu'à perdre le sens de l'orientation. Comment je sais tout ça ? Éleveuse de lucioles et danseuse n'étaient pas mes seules ambitions. Même à toi, je n'avais rien dit, mais ce que j'aurais voulu étudier, c'était l'agronomie et la biologie. Mes parents me soutenaient, d'ailleurs. Ils n'ont rien compris quand j'ai tout laissé tomber pour me marier.

Ta lettre, celle dans laquelle tu me déclarais ton amour il y a tant d'années et qui aurait changé notre vie, ces mots que j'ai attendus jusqu'à n'en plus pouvoir, je ne les ai jamais reçus. C'est quelqu'un d'autre qui les a interceptés.

53

Depuis que j'ai lu ton livre, je n'ai fait que me demander ce qu'aurait été notre vie si Enzo n'avait pas commis cet acte horrible. J'aurais pris le premier train pour Paris, ou tu l'aurais pris pour Rome. Quels auraient été nos premiers mots, où et quand nous serions-nous embrassés, nous qui n'avions fait qu'attendre depuis si longtemps ce baiser ? Tu aurais demandé ma main à mon père – à l'époque et dans nos familles, c'est ce qu'on faisait… un univers englouti, une Atlantide, non ? – et il te l'aurait donnée. Ma main et ma vie. Est-ce que je serais venue habiter en France avec toi ? Ou est-ce que tu aurais eu envie de vivre à Rome, la ville que je préfère au monde et que je t'aurais fait découvrir dans ses moindres recoins ? Est-ce que je serais devenue biologiste ? Et toi, quel métier aurais-tu choisi ? Écrivain, sûrement. Je nous vois cherchant notre premier appartement – j'aurais aimé l'Aventino, avec ses larges rues calmes bordées d'orangers, alors que toi, tu aurais sans doute voulu le centre antique, ses façades roses et ses *androni* d'ombre, la Villa Borghese tout à côté. Nous nous serions mariés à Santa Maria in Trastevere entourés d'amis, nous aurions réservé notre repas de noces dans une villa de l'Appia Antica, nous serions partis en lune de miel dans une voiture à laquelle nos amis auraient accroché de vieilles casseroles, avec les mots « *oggi sposi* », mariés du jour, écrits sur la vitre arrière. Des fantaisies de midinette, des rêves de petite fille, et alors ? Où m'aurais-tu emmenée pour notre première nuit ? Moi, c'est à Ravello que j'aurais voulu retourner, là où nous avons été heureux, si proches qu'on aurait cru que rien ne pouvait nous séparer, mais peut-être aurais-tu voulu me faire découvrir d'autres mondes, la Bretagne dont tu m'avais parlé, ses côtes rugueuses et l'océan que je ne connaissais pas, ou, plus loin encore, l'Amérique, l'Asie, l'Inde, pourquoi pas, toi qui me disais que dans une vie précédente j'avais dû être indienne, avec mes poignets fins, mes chevilles de Bambi, mes prunelles haut placées… Et puis ? J'imagine nos enfants, une petite fille avec ton nez et tes yeux, ta peau blanche, tes mains de musicien et ta chevelure annelée, et un garçon qui m'aurait ressemblé, un peu indien lui aussi, des yeux verts, une jolie bouche, des cheveux noirs et lisses comme les miens, mes cheveux que tu appelais « mon aile de corbeau »... Toutes ces nuits, je t'imaginais tenant nos enfants dans tes bras, leur donnant le biberon, les faisant sauter sur tes genoux, et cette image me tuait ; tout ce que nous n'aurons pas, que nous n'aurons jamais, est plus lourd à porter que ce qui a été.

Au lieu de ça... la première fois que j'ai fait l'amour avec Enzo, je me suis mordu l'intérieur du bras. J'ai encore une petite cicatrice à cet endroit. Je m'en voulais tellement que ce ne soit pas toi. J'ai pleuré. Enzo a cru que c'était à cause de l'émotion. Moi, je savais que ces larmes t'étaient dédiées.

Aujourd'hui, je me retrouve à vagabonder dans les rues de Paris, cette ville que j'aime parce que c'est la tienne, parce que c'est ici que tu vis, et je guette. Tu bois peut-être un verre à une terrasse rue de Buci, tu es au bureau de poste ou tu promènes Gaston autour du Luxembourg. Je te vois de dos, mais ce n'est pas toi, c'est impossible, car tu m'attends ici, nuit après nuit, rivé à ce lit d'hôpital. Je crois que la douleur, Adrien, me fait perdre la tête. Je n'ai pas envie, pas la force de savoir ce qui arrivera quand tu seras, véritablement, parti.

54

Emily a dressé la table, Rose a préparé le rôti et mélangé la salade, Nina a mis l'eau des pâtes à bouillir car pour elle, en bonne Italienne, les repas commencent par un *primo piatto*. Elle habite ici depuis quelques jours déjà. Tout à l'heure elle rejoindra Adrien à l'hôpital, mais pour l'instant elle sirote son verre de Campari-orange devant la cheminée. Un orage a éclaté dans la soirée, et comme il arrive souvent à Paris à la fin de l'été, la température a brusquement chuté. Rose a allumé un feu, et Nina est reconnaissante de cet instant de paix qui morcelle sa peine en quelques éclats de rire, quelques mots légers. Gaston dort, pattes en l'air, sur le tapis. Nina lui caresse le ventre, distraitement, avec le pied. Par la fenêtre entrent l'air embrumé et les bruits de ce début septembre. Les magasins sont ouverts, Paris a repris son rythme habituel, les gens dans les bus ont les traits reposés, certains sont encore bronzés. Les trois femmes vivent au rythme des horaires d'Emily, la première à se lever le matin, et de Nina, qui s'en va voir Adrien le soir. C'est Rose qui prépare le petit-déjeuner pour tout le monde, café, croissants, thé, jus d'orange, puis Emily file de l'autre côté du Luxembourg. Elle y est en quelques minutes car elle traverse le jardin en courant, heureuse de retrouver son bureau et Liliane, avec laquelle elle déjeune lorsque son amie n'a pas de rendez-vous de travail.

Ces jours-ci, Rose est fatiguée. Les soins prodigués à Adrien pèsent lourd, elle n'arrive plus à le changer et le laver tous les jours. Ce sont bien souvent les aides-soignantes qui s'en occupent désormais. Elle s'en veut, mais sa lassitude l'emporte, et puis l'état d'Adrien, s'il n'empire pas, est si dangereusement égal qu'il commence à devenir absurde, même à ses yeux, de s'acharner.

Devant la cheminée, Emily et Nina discutent. Rose tend l'oreille, inquiète, puis s'éloigne vers la cuisine, tranquillisée. Elles parlent du travail d'Emily, pas de son petit. Rose sait que cet équilibre fragile ne va pas durer. « Mon Dieu, pense-t-elle, accordez-nous encore quelques jours, quelques semaines si possible. Il sera toujours temps d'être malheureux. Après... »

« D'accord, je comprends que tu aimes autant les romans, moi aussi j'en lis à l'occasion, mais, Emily, j'ai souvent l'impression que ça tourne en rond. Les romanciers... c'est comme s'ils se copiaient les uns les autres, à force, ça restreint la focale...

– Qu'est-ce que tu veux dire par là ?

– Je pense que si c'étaient des biologistes, des astrophysiciens, ou même des éleveurs de chèvres qui écrivaient des romans... eh bien, ce serait plus intéressant, on sortirait de ce qu'on raconte depuis si longtemps, on irait vers d'autres sphères... Je ne sais pas.

– Ça dépend de ce que tu recherches, Nina. Il y a plein de romanciers qui explorent d'autres voies, comme tu dis. Tu peux lire des polars dans lesquels tu vas apprendre des réalités sociales, des romans de science-fiction qui t'enseigneront les lois de l'univers... Il y en a même qui ont prophétisé des découvertes effectuées des années plus tard.

– Ce ne sont pas ces livres-là que tu trouves en premier sur les tables des librairies...

– Peut-être pas, en effet. Mais si tu cherches un peu, tu dénicheras des romans qui t'en apprendront autant sur l'histoire qu'un manuel, autant sur le monde qu'un atlas de géographie... et tu ne t'ennuieras pas en les lisant !

– Pour toi, c'est donc au lecteur de faire le tri.

– Oui. En tant qu'éditeur, tu peux faire le maximum pour qu'il ait à sa disposition l'éventail le plus large possible, qu'il puisse choisir selon ses centres d'intérêt. En tout cas, c'est comme ça que je vois mon travail… »

Le téléphone sonne. Rose sort de la cuisine pour répondre, mais Emily a déjà pris l'appel. Elle éloigne le combiné de son oreille et dit : « C'est Nicolas. Il veut te parler, Nina. »

55

Mon Adrien chéri, ce soir ton frère m'a téléphoné. Il m'a dit qu'il était venu ici dans la journée. Personne d'autre n'était là. J'ai perçu dans sa voix quelque chose qui m'a fait peur, mais ce qui est pire, c'est qu'il avait l'air d'avoir peur, lui aussi. Je ne sais combien de temps nous allons pouvoir attendre ainsi.

Les heures nous sont comptées désormais, et il faut encore que je te parle d'Enzo et de Manu. Je ne sais par où commencer. Je m'aperçois que, au cours de ces nuits, j'ai prononcé le mot « cœur » de nombreuses fois. Sais-tu que cet organe est le seul qui soit à l'abri du cancer ? Ses cellules, indivisibles, sont immunisées contre les tumeurs... Mais, même si ce mot est souvent revenu dans mes propos, c'est comme si j'avais tourné tout ce temps autour d'un secret qui le concerne, un secret que j'ai gardé pour moi jusqu'à aujourd'hui : Manu savait.

Mon frère est né un peu plus de trois ans après moi. À l'époque, on ne pouvait pas détecter son problème cardiaque. Mes parents et moi n'en avons été mis au courant que vers sa cinquième année. Autant Manu était vif, éveillé – il a commencé à parler à onze mois, et très vite, bien plus vite que la plupart des enfants de son âge, il a pu associer des mots –, autant il restait fragile, exposé aux maladies. Souvent, sa peau était cyanosée et il avait du mal à respirer. À huit ans, un soir où je lui lisais une histoire – il en aimait une en particulier dans laquelle une jeune fille ouvrait un livre pour son frère, et dans ce livre il était question d'un enfant sur une autre planète auquel la sœur racontait la même chose en même temps –, il a arrêté mon geste alors que je tournais la page. Je lui ai demandé s'il avait sommeil, s'il voulait que je le borde et que je laisse la lumière du couloir allumée. Parfois, il avait très peur du noir, à d'autres moments, il déposait près de l'oreiller un de ses bocaux emplis de créatures bizarres, et ça l'apaisait. Ce soir-là, il ne voulait pas que je parte sans m'avoir raconté quelque chose. « Quelque chose d'important, mais je ne sais pas comment tu vas le prendre », avait-il ajouté, embarrassé, en rajustant ses lunettes. Je connaissais bien sa réserve, je savais que son intelligence se manifestait souvent d'une étrange manière, alors j'ai attendu, sans bouger du bord de son lit. Lui ne parlait plus. Il manipulait une petite boîte qui contenait un scorpion, ensuite il l'a posée sur sa table de nuit et a tourné la tête vers moi. Cette fois, il a enlevé ses lunettes, les a placées à côté du scorpion, s'est frotté le nez, et j'ai pensé que sans ses fonds de bouteille il avait les plus beaux yeux du monde, vert sombre pailletés d'or, et un regard profond, de vieux sage ou de quelqu'un qui a beaucoup vécu. Il pensait, a-t-il murmuré alors, qu'il était temps de me dire ce qu'il ne pouvait révéler aux parents, car, selon lui, ils n'étaient pas prêts. Puis il a énoncé une suite de chiffres, 333 333 333, trois cent trente-trois millions trois cent trente-trois mille trois cent trente-trois. Il a pris son oreiller, l'a tapoté, s'est couché et, d'une voix claire, m'a annoncé : « C'est le nombre de mes battements de cœur entre le moment de ma naissance et celui de ma mort. » Ensuite il a éteint la lumière. J'ai cru que c'était là une de ses lubies. Je n'avais ni envie de faire les comptes – les maths et moi... –, ni le courage d'affronter cette prédiction. Je me suis donc empressée de la reléguer dans un coin de mon esprit, mais quelques semaines après son décès, j'y ai repensé. J'ai fait le calcul : le dernier battement de cœur qu'il avait prévu devait avoir lieu au cours de la journée du 23 juillet 1980, le jour de sa mort.

Dans ce monde où tout est prodigieux, mais d'où pourtant tous les jours nous écartons de notre vie les mystères, c'est à toi, mon Adrien, qui erre je ne sais où, que je fais part de ceci. Mais là où tu es, tu dois déjà en savoir plus que nous. Pour ma part, tu me connais, je crois que le monde est magique, que ce qui nous régit est indéchiffrable, et que nos sens et notre raison ne suffisent pas à saisir le pourquoi de notre passage sur terre.

Je veux croire que tu m'entends. Je n'ai aucune idée de la signification ultime de ces journées à tes côtés, mais je t'en supplie : mon amour, reviens.

56

Lorsque la porte s'ouvre, Nina tourne la tête, s'attendant à voir l'infirmière ou un médecin qui erre et s'attarde, trop fatigué pour rentrer chez lui – c'est déjà arrivé, au cours des longues heures nocturnes –, mais l'homme qui est entré et qui s'est immobilisé sur le seuil, elle ne l'a jamais vu. Par deux fois elle cligne des yeux, prise de court quand il lui demande : « Vous êtes qui ? – Ce serait plutôt à moi de vous le demander », répond Nina, énervée par cette entrée en matière qu'elle juge pour le moins cavalière. Qui est ce type pour l'apostropher de la sorte ? « Pardon, on va tout reprendre de zéro. Qui êtes-vous, madame, et que faites-vous là à cette heure si tardive ? » Nina pouffe malgré elle, non pour la réplique, mais pour la tête qu'il fait. Une tête étonnante au demeurant, avec ce visage tout rond et ces grands yeux écarquillés. Nina rit nerveusement à nouveau, parce que la fatigue lui tord le ventre, parce qu'elle a besoin de voir un être humain bien portant, et que de la peine, elle en a fait le plein. Pendant ce temps le bonhomme s'est approché du lit, a pris la main d'Adrien, l'a secouée puis a dit : « Ben dis donc, mon coco, t'as l'air d'avoir pris trois prunes dans le cornet, toi. » Cette fois-ci Nina s'amuse franchement, même si ce n'est pas drôle du tout. Mais qui est donc ce zèbre qui arrive à minuit passé pour la faire rigoler ? « Philippe. Je suis le meilleur ami d'Adrien. » Nina tend une main chaleureuse : « Nina.

– Nina ? LA Nina ? »

La jeune femme sourit en guise de réponse. Philippe reste interdit. Puis il s'assied sur le bout du lit d'Adrien, visiblement très ému. « Alors vous êtes revenue… après tout ce temps.

– Et vous, Philippe… où étiez-vous pendant ces longs mois qui ont suivi la tentative de suicide d'Adrien ? Personne ne m'a parlé de vous et je ne vous ai encore jamais croisé à son chevet. »

Philippe semble à son tour esquiver la question. Il regarde le visage émacié de son ami et lui prend à nouveau la main. « Mon pauvre vieux. Comme je m'en veux d'avoir été si loin quand tu as fait cette connerie ! » Puis il tourne son visage vers Nina. « Je reviens tout juste de Bali. J'ai coupé avec tout pendant des mois. Moi aussi j'ai vécu une grosse dépression. Mais si j'avais su… »

Nina pose doucement sa main sur le poignet de Philippe qui a baissé la tête, comme s'il était honteux ou voulait dissimuler son trouble. « Racontez-moi, que vous est-il arrivé ?

– À côté de lui, rien. Ou plutôt la même chose que lui, mais sans ces conséquences tragiques. J'ai appris la nouvelle par Rose en appelant à l'appartement : on parle même de le débrancher ? »

Cette fois, c'est Nina qui détourne le regard.

« J'espère que non. Mais c'est vrai que les médecins sont très pessimistes. »

Philippe pousse un long soupir et place sa main sur le front d'Adrien. « Allons, mon vieux ! Tu t'es loupé, ça arrive à tout le monde… Maintenant reviens-nous pour de bon. Regarde, la femme de ta vie et ton meilleur pote sont à tes côtés ! On attend juste que tu atterrisses sur terre pour déboucher le champagne ! »

Nina éclate de rire, un rire communicatif, et dévisage à nouveau Philippe : « Il en a, de la chance, d'avoir un ami comme vous. Vous vous connaissez depuis longtemps ? » Philippe place sa main en visière au-dessus de son front comme un marin qui regarde au loin. « Pff, des lustres ! Il avait pas mal de copains, mais des vrais amis, je crois que… Je dois être le seul à l'avoir supporté, surtout ces derniers temps... depuis sa séparation avec Isabelle... »

Nina retient son souffle et lâche, presque malgré elle : « Isabelle ?

– Oui, sa dernière amie. Ils se sont séparés... ça doit faire bientôt deux ans.

– Et pourquoi ?

– Pour rien. Tout allait bien. Mais c'est un peu toujours la même histoire avec Adrien. Il n'a jamais pu s'investir totalement dans une relation amoureuse.

– Il vous avait parlé de moi ? poursuit Nina après un silence.

– Une seule fois, mais qu'est-ce que c'était ! Après, on aurait dit qu'il m'en voulait. Je n'ai jamais osé revenir sur le sujet. C'est à cause du livre que vous êtes ici ?

– Vous l'avez lu ?

– Je l'ai acheté à l'aéroport tout à l'heure en revenant de Bali. C'est le titre, votre prénom, qui m'a attiré. Dès que j'ai lu les premières lignes j'ai deviné qu'il s'agissait d'Adrien, malgré le pseudonyme. Je l'ai dévoré dans le taxi, en diagonale... Je me réserve une lecture plus approfondie dès que j'en trouverai le temps. Enfin, arrivé chez moi, j'ai tout de suite cherché à joindre Rose pour savoir dans quel hôpital il se trouvait. J'ai eu la chance de tomber sur elle et j'ai foncé jusqu'ici.

– Vous ne m'avez toujours pas dit pourquoi vous aviez, vous aussi, traversé une dépression. Une histoire de cœur ? »

Philippe se lève.

« Vous partez déjà ? demande Nina, étonnée.

– Je suis épuisé, le décalage horaire... Je reviendrai demain. Vous serez là ?

– Je suis là toutes les nuits. »

Philippe tend la main vers Nina, qui s'en saisit. Il serre alors ses doigts avec force.

« Heureux de vous connaître, Nina. »

Elle pose son autre main sur celle de Philippe et le regarde au fond des yeux.

« Heureuse de vous connaître aussi, Philippe.

– À demain alors. Occupez-vous bien de lui en attendant. » Philippe se retourne vers Adrien, touche de son index droit le cœur et les lèvres de son ami, puis son propre cœur et ses lèvres, ensuite, après avoir adressé un clin d'œil à l'homme endormi, aussi silencieusement qu'il était entré, il ressort.

Nina s'étire longuement, faisant craquer ses épaules et son dos, avant de se rasseoir près d'Adrien. Cette rencontre fantasque lui a fait un bien fou.

57

Il me reste maintenant, Adrien, le plus difficile à admettre, à reconnaître : ma faiblesse. L'autre nuit, je n'en ai pas eu la force, mais ce soir, il faut que je trouve le courage, enfin, de t'en parler. Quand je parle de courage, ce n'est pas vis-à-vis de toi, mais de moi-même, de mes choix. Si tu me laisses, Adrien, je resterai seule. Car, avant de venir ici, j'ai quitté Enzo.

Quand tu m'as adressé, il y a si longtemps, cette lettre dans laquelle tu me disais ton amour pour moi, tu l'as envoyée chez mes parents. Nous étions alors en train de déménager, et si je vivais toujours avec eux, je ne revenais à la maison que le week-end, car pendant la semaine j'étais interne au collège du Sacré-Cœur. Un samedi, Enzo est venu me chercher à mon ancienne adresse, croyant m'y trouver – ce devait être le dernier jour du déménagement, le camion était dehors avec toutes nos affaires, et mes parents, dans tous leurs états. Le gardien de l'immeuble, qui le connaissait bien, lui a confié ton enveloppe, en lui recommandant de me la remettre au plus tôt. Enzo, qui était depuis longtemps amoureux de moi – tu t'en étais aperçu, non ? Malgré ses autres petites amies, il ne l'avait jamais vraiment caché –, s'est douté de ce qu'elle contenait. Il l'a ouverte, et jusque-là, c'est encore peut-être excusable, car c'est sa jalousie qui l'a poussé à commettre ce geste. Mais ce qui est inacceptable et que je n'ai découvert qu'à la lecture de ton livre, c'est qu'il a recopié ce que tu m'avais écrit… et qu'il l'a signé de son nom. Tes sentiments, Adrien, y éclataient à chaque ligne. C'était un magnifique récit de ce que nous avions vécu et de ce que nous allions vivre si j'acceptais d'être ta femme. Enzo a changé quelques mots, pas mal de détails, mais enfin, lorsque j'ai lu sa lettre, j'en ai été émerveillée. Moi qui croyais mon amour unique, j'étais stupéfaite de découvrir que quelqu'un d'autre, dans le même temps, avait éprouvé exactement ce que je ressentais. J'étais troublée au plus haut point. Je n'ai pas dit « oui » tout de suite pour autant, tu t'en doutes.

Tout ceci est ma faute, Adrien, c'est pourquoi je te disais, l'autre nuit, que tu avais été bien plus valeureux que moi. Toi, tout ce temps, tu savais à quel point notre histoire était rare. Moi, j'ai cédé. Quand tu n'es pas revenu à Ravello, l'année suivante, sans me donner de nouvelles, je me suis sentie si seule, si malheureuse, que j'ai finalement dit « oui » à Enzo. J'en suis tombée un peu amoureuse. Il le fallait bien. Il essayait d'être celui que j'avais perçu dans sa lettre, et, à l'époque, on aurait pu imaginer qu'il y arriverait. Je voulais y croire, et puis... c'était la vie.

Toi, si tu ne pouvais pas avoir ce que tu voulais, tu préférais ne rien avoir du tout. Moi, je me suis forcée à vouloir ce qui s'offrait. Je ne dis pas qu'Enzo ait été un mauvais mari : il a fait ce qu'il a pu. Je suis sûre qu'il m'a aimée à sa manière, mais son caractère, ses sautes d'humeur, ses infidélités, sa façon de croire que, en quelque sorte, je lui appartenais... Il s'est conduit comme souvent les hommes se conduisent, c'est-à-dire mal, mais de bonne foi. Avec les enfants, il s'est très bien comporté, et de cela, je l'ai remercié le dernier soir, avant de partir, quand il y a eu cette scène affreuse entre nous. J'aurais peut-être encore pu lui pardonner pour ce qu'il avait fait jusque-là, mais ça ne pouvait plus fonctionner entre nous. Tu étais revenu dans ma vie, et cela seul comptait. J'avais peur de ce qui était écrit à la fin du livre par l'éditeur : ton suicide et ton coma. Mais j'espérais aussi... Au moins tu n'étais pas mort.

Ce que je ne savais pas non plus, c'est qu'Enzo venait de reproduire le même acte impardonnable que par le passé. Lorsque Robert, ton éditeur, m'a envoyé ta dernière lettre en recommandé, ses vieux démons se sont réveillés. Il a signé à ma place quand le facteur est passé et ne me l'a jamais donnée. Ce n'est que parce que Giada, notre amie de Ravello avec laquelle je suis restée en contact toutes ces années, m'a reconnue dans ton livre, que j'ai pu saisir tout ceci. Elle m'a alors aussi confessé qu'elle t'avait rencontré, il y a de nombreuses années, et qu'elle t'avait donné ma nouvelle adresse... sans oser t'avouer que j'avais épousé Enzo. Ce soir-là, même s'il me manquait encore une partie de l'histoire, cette partie que je n'ai apprise de Robert qu'une fois à Paris, j'ai décidé de partir. Tout d'un coup, c'était si évident dans mon esprit que je me suis demandé pourquoi j'étais restée jusque-là. En tout cas, mon ancien monde construit sur le mensonge s'est écroulé en quelques instants, ne laissant subsister que le regret de ne pas avoir su déchiffrer plus tôt la vérité.

Je faisais ma valise lorsque Enzo est entré dans notre chambre. Il avait l'air dément, il écumait. Il a d'abord essayé le chantage affectif vis-à-vis de nos enfants, mais Vera et Lorenzo sont grands maintenant, et très proches de moi.

Voyant que je ne capitulais pas, Enzo m'a enfermée à clé dans la chambre avec lui. Je l'ai prié de se montrer raisonnable. Après la monstruosité qu'il avait commise, il était quand même inconcevable qu'il me demande de rester. Il se doutait bien que sous peu j'en saurais plus encore, que je découvrirais son nouveau forfait. Je crois qu'il a dû se sentir acculé. Se sachant condamné, il a hurlé que c'était à cause de moi et pour moi, parce qu'il m'aimait. « L'amour, lui ai-je répondu, ce n'est pas ça. C'est vouloir le bien de l'autre, pas se l'approprier comme une chose, un objet. » Il m'a regardée comme si j'avais proféré une énormité. Il a ricané. « Toi et tes grandes théories sur l'amour... Vous êtes bien les mêmes, Adrien et toi.

– Oui, c'est vrai. Et tu vois sans peine que toi et moi, en revanche, ne sommes pas de la même espèce », ai-je rétorqué.

J'étais calme, Adrien, de ce calme effrayant qui ne reconnaît aucun obstacle, qui balaye tout devant soi. La seule chose que je désirais, c'était être à tes côtés, le plus vite possible. J'étais prête à tout, même à me battre avec lui afin de sortir de cette pièce et prendre le premier avion pour Paris. J'étais folle d'inquiétude, folle de joie aussi à l'idée de te revoir, même dans le coma, car j'espérais. Quand Enzo a vu ma détermination, il a pris un coupe-papier très effilé qui traînait sur une table. Je n'ai pas eu peur, tu sais ? Même quand il l'a pointé contre ma poitrine, je suis restée de marbre. Sans doute honteux de son geste et voyant mon sang-froid, il l'a alors retourné contre lui et grogné d'une voix terrible, une voix de bête plus que d'être humain : « Si tu me quittes, Nina, je me tue. »

C'est curieux comme on réagit dans les cas extrêmes. On ne le sait pas soi-même avant d'y être confronté. Une rage, une colère insoupçonnables ont surgi dans ma poitrine. C'était un fleuve en crue, qui déracine les arbres et détruit tout sur son passage. Je ne devais pas être belle à voir, tu sais, je crois que j'ai montré les crocs, pire qu'une chienne quand on touche à ses petits. J'ai crié. J'ai crié de toutes mes forces. Interloqué, il a abaissé le coupe-papier. Il ne me connaissait que douce, soumise, domestiquée en quelque sorte. Cette Nina, il ne l'avait jamais vue. Moi non plus. J'avais envie de lui dire : « Tue-toi, vas-y, fais-le ! », mais je n'ai pas pu. Quelque chose en moi murmurait, « Ne t'abaisse pas à son niveau ou tu le regretteras. Ce n'est pas parce qu'il se comporte aussi mal que tu dois faire de même ». Alors je me suis tue. J'ai pris ma valise, et, en passant près de lui, je lui ai arraché les clés des mains. Il s'est laissé faire, hébété. J'ai ouvert la porte, dévalé les marches, appelé un taxi dans la rue. Pris un avion. Le soir même, j'étais à Paris.

58

Le 7 septembre, une nouvelle réimpression du roman d'Adrien arriva dans les librairies. Sur la dernière page, on lisait ces quelques lignes signées Nina :

Comment je t'aime.

Je t'aime pour ces heures ensoleillées, pour le sel sur ta peau, pour les nuits dorées.

Pour les roses de l'enfance, les serpents de tes cheveux et tes yeux baissés.

Pour les rochers nus, les sandales empoussiérées, les pieds bronzés et le creux de ton cou.

Pour le flot de paroles dites et l'océan de paroles tues.

Pour le vent sur les herbes, les fleurs foulées, l'odeur de l'olivier, ses racines nouées.

Je t'aime dans la peine, la confiance et le danger.

Dans la pureté des choses, dans leurs rivages lents, leur flamme passagère, leur impitoyable dureté.

Je t'aime comme on n'aime qu'une fois, parce que c'est ce que je te dois.

Je t'aime d'un amour perdu, dans le souffle d'une passion qui n'a pas brûlé, et derrière ton regard noir, toujours, c'est l'étoile que je verrai.

La même semaine, le journal *Le Parisien* relata ce nouvel élément de l'histoire, mais personne n'en savait plus. Robert laissait monter la pression et, dans le torrent d'informations qui abreuve quotidiennement le monde littéraire parisien, on se demandait ce qui se passait. Les prix de l'automne commençaient d'afficher leurs listes. *Nina* figurait sur celle du Femina. Mais Adrien s'éteignait.

59

Comment sait-on qu'on aime ? Par les palpitations du cœur. Par cette chaleur qui nous brûle la poitrine. Par les secousses du corps. Par nos jambes qui semblent soudain cesser de vouloir nous porter, ou bien au contraire vouloir nous propulser aux confins du monde. Par la pourpre qui embrase nos joues et la lumière qui illumine notre regard.

Tu as écrit, Adrien, que tu m'as aimée dès le premier instant où tu m'as vue. Je te crois. Moi j'ai été troublée. Mais ce n'est sans doute qu'au dernier jour de ce premier été à Ravello que mon corps m'a dit que je t'aimais. Je n'étais pas là pour vous saluer lorsque tes parents, ton frère et toi êtes montés dans la voiture pour rejoindre Paris. J'étais si malheureuse à l'idée de ton départ qu'une fièvre violente m'avait terrassée. J'étais alitée, donc, ce jour de septembre. Je grelottais sous un monceau de couvertures alors que dehors, il devait faire au moins trente degrés. J'ai entendu le bruit de votre voiture, et je suis sortie du lit. En chemise de nuit, j'ai couru vers la fenêtre, puis j'ai ouvert la porte et me suis précipitée dehors. Dans mon délire, je me disais que si je t'embrassais, tu reviendrais l'année suivante à Ravello. La voiture était déjà loin quand je suis sortie du *palazzo*. C'est évanouie au beau milieu de la route que mes parents m'ont retrouvée un peu plus tard. Je pleurais en me réveillant de mon malaise, et rien ne pouvait me consoler. J'ai alors su que je t'aimais et que je t'aimerais toute ma vie.

60

Un souvenir de ce premier été. J'étais seule, c'était l'après-midi, pour une fois je n'étais pas avec la bande à la plage, ni avec Manu ou maman, pour l'aider à ranger les pièces où on vivait. Je ne sais pas ce qui me poussait à rechercher cette solitude, mais je me souviens que je le faisais de plus en plus. J'avais besoin de réfléchir, de ne parler à personne surtout. J'avais marché dans la campagne, il faisait si chaud que même les oiseaux se taisaient. Le ciel était blanc, la mer, au loin, très bleue, plate et immobile. J'étais trempée de sueur quand je me suis étendue sous un *leccio*, je crois qu'en français, ça s'appelle un chêne vert. C'est drôle, Adrien. Je m'aperçois que même si je parle bien ta langue, je continue de chercher mes mots quand il s'agit d'arbres, de plantes, de poissons. Et il y a deux choses que je ne peux faire qu'en italien : compter et prier ! Mes prières d'autrefois, je croyais les avoir oubliées, ma foi a changé depuis notre enfance, mais depuis que je suis à ton chevet, ces mantras chrétiens sont revenus, et je me surprends à réciter dix fois d'affilée l'*Angelo di Dio*. Je te l'avais appris en italien, et même si tu te moquais – déjà ! –, tu le connaissais par cœur. Je te disais que c'était drôle, enfin, curieux, et ça l'est, parce que ces prières, je les retrouve intactes dans mon esprit, avec leur musique lente, leur obscure cadence de langage secret. C'est comme si elles étaient inscrites à l'encre sympathique sur une feuille que j'approche d'une flamme pour les lire, et alors elles réapparaissent, et pas une virgule ne manque. Et tu sais, c'est la même chose pour les chansons que nous écoutions en ce temps-là, les tubes des Pooh, de Claudio Baglioni, de Lucio Battisti, de I Cugini di Campagna, de Mal, de Mina, ces leitmotive qui ont ponctué nos étés ensemble et que je ne peux réécouter maintenant sans que les larmes me montent aux yeux…

Qu'est-ce que j'étais en train de te raconter ? L'après-midi du *leccio*, il ne s'est rien passé de spécial, mais… j'ai vécu un instant d'éternité. Est-ce que ça t'est déjà arrivé ? Je suis sûre que oui. Nous nous ressemblons tellement ! Les yeux fermés, les oreilles bourdonnantes du silence profond de la campagne désertée, le corps écrasé par la chaleur, collé à la terre, j'ai été totalement, complètement dans la vie, et en même temps, en dehors d'elle. J'ai senti que j'étais partie de ce tout qui m'entourait, le ciel et la mer, l'arbre et la terre, l'air et le soleil caché par la brume, et que tout en étant moi, j'étais aussi le monde.

De ces moments de pure joie, seule et sans raison, j'en ai vécu d'autres, mais de celui-ci, je me suis juré que jamais je n'effacerais l'empreinte. Ce jour-là j'ai décidé que, chaque fois qu'une épreuve se dresserait sur mon chemin, je me replongerais dans cet univers et me retrouverais en lui.

61

Nina se lève de sa chaise. L'aube est là, immobile et grise, à mi-chemin entre la nuit et le matin. Bientôt les aides-soignantes vont venir laver Adrien, le raser, puis le médecin de garde passera pour surveiller l'état de ses fonctions vitales et le consigner sur la fiche accrochée au pied du lit. Nina soupire, un long soupir las, lorsque, comme la première fois, la porte s'ouvre silencieusement sur Philippe qui, les yeux brillants, s'incline dans une comique révérence de ménestrel. Sans s'approcher du lit il dit, plus une constatation qu'une question : « Toujours dans le coaltar, hein, ma caille ! » Nina secoue la tête, heureuse de le retrouver et, lui tendant la main : « Ciao, Philippe. *Come stai ?* » Philippe semble hésiter, fait un pas vers elle, et tout d'un coup, comme malgré lui, il se retrouve tout près de Nina et, happé par sa chaleur, voici qu'il la prend contre lui et la serre, l'enveloppant toute. Nina se fige un instant puis se laisse aller dans un soupir, retrouvant la sensation qu'elle éprouvait toute petite lorsque après un mauvais rêve ou un chagrin d'enfant, elle allait se blottir dans les bras protecteurs de son père. Philippe resserre son étreinte. Elle ne peut voir les yeux de l'ami d'Adrien qui s'embuent ni ses lèvres qui tremblent, tant elle est enfouie, abandonnée, au creux de son cou. Comme c'est bon de laisser s'exprimer sa vulnérabilité, son cœur de petite fille inconsolable. Elle a été tellement forte depuis qu'elle est ici. Plus forte qu'elle ne pouvait le supporter.

62

Après avoir relâché son étreinte, Philippe s'approche du lit où, encore sous le coup de l'émotion et comme pour faire participer son ami, il s'empare vigoureusement de la main d'Adrien, la secoue avant de la remettre à sa place. Ensuite il tire une chaise jusqu'à lui et s'y assoit à califourchon. Sentant que sa voix lui revient, il se retourne vers Nina restée debout. « Alors, ma belle ? Ça va mieux ? » Nina touche ses cheveux, les coiffe avec ses doigts puis les arrange sur sa nuque, en torsade. Après quoi, elle passe la paume de ses mains sur ses tempes. « Je dois être affreuse à voir », pense-t-elle à l'instant même où elle croise le regard redevenu ironique de l'ami d'Adrien. Aucun des deux ne dit mot. Ils se comprennent pourtant, et lorsque Nina se laisse de nouveau tomber sur sa chaise, Philippe rapproche la sienne et commence à parler : « J'avais envie de revenir, de vous voir aussi. Vous vouliez que je vous en dise plus l'autre soir, mais je n'en avais pas le temps, et pas l'envie non plus. Depuis, j'y ai repensé. Alors, me voilà.

– C'est la deuxième fois que vous venez voir Adrien la nuit… et vous avez accès à l'hôpital à des heures normalement interdites aux visites.

– Je connais cet hôpital, comme quelques autres à Paris. On peut dire que j'y ai mes entrées.

– Vous n'êtes pas médecin, ça se devine tout de suite. Vous n'avez pas l'air malade non plus. Alors ? Ambulancier ? Psy en soins palliatifs ? Pompier ? »

Philippe hausse un sourcil, examine ses pieds chaussés de mocassins fatigués, son pantalon en toile, sa chemise et son blouson froissés, puis sourit : « En fait… comment dire… Pour faire bref, je ramasse des gens bourrés et je les ramène chez eux. Quand ils peuvent rentrer. Quand ils ont encore un chez-eux. Et quand ils sont trop esquintés, je les emmène ici, aux urgences.

– C'est un métier, ça ?

– Mmm… oui et non… Une mission que je me suis donnée, plutôt.

– J'ai du mal à croire que vous gagniez votre vie comme ça.

– Un héritage important à vingt ans. Je n'ai pas besoin de gagner ma vie. Alors, je la sauve comme je peux.

– Vous aidez les clochards, c'est ça ?

– Non. Pas tout à fait... Pour les SDF, il y a des assoces auxquelles je fais appel, elles s'en occupent du mieux qu'elles peuvent. Moi, je chasse un autre gibier. J'aide ceux qui sont en train de lâcher prise. Les insoupçonnables. Les honteux. Il y a tant de choses bizarres qui se produisent la nuit à Paris, si vous saviez ! J'ai rencontré des banquiers pétés au point de ne plus savoir comment ils s'appelaient, des types qui, le jour, sont impeccables. Des chefs d'entreprise à terre. Des pères de famille tranquilles qui avaient envie de tout plaquer et de disparaître dans la nature. Et puis des gars comme Adrien aussi.

– Adrien ? Vous l'avez ramassé une nuit sur le trottoir, défoncé ? lance Nina, visiblement perturbée.

– Non, lui, ce n'est pas dans la rue que je l'ai rencontré... » Philippe prend sa grosse tête entre ses mains et détourne le regard : « Il faut que je vous parle un peu plus de moi, de mon passé, pour que vous compreniez mieux. J'avais la belle vie, une bonne existence bien réglée. Des petites amies très jolies. Un boulot peinard dans une boîte de pub, plus pour le fun que pour boucler mes fins de mois. De l'argent de poche, quoi… Je vous l'ai dit, je suis riche. J'aimais bien faire la fête. J'étais, comme bien des gens dans cette ville, un charmant alcoolique mondain. Je n'ai pas vu le moment où la pente est devenue savonneuse. Il est vrai que depuis un moment déjà, mes vendredis soir glissaient vers des samedis et des dimanches de brouillard, même si le lundi j'étais à nouveau sur pied. Je tenais la semaine avec quelques verres de rouge. Je ne buvais jamais au déjeuner, et j'acceptais peu de dîners en ville. Je croyais que j'aurais pu continuer sans problème, plein de copains autour de moi avaient le même rythme sans que cela perturbe leur vie de famille ou leur travail. Et puis, je suis tombé amoureux. Et pour la première fois de ma vie, pas d'une fille. J'étais si fou de ce type que j'en perdais mes moyens. Ça me troublait tellement que je buvais de plus en plus. Quand je devais le voir, je buvais un verre avant. Pendant que j'étais avec lui, je buvais quelques verres aussi. Et quand on rentrait… j'étais dans un tel état qu'il me fallait un verre, peu importe de quoi.

– Que s'est-il passé ?

– Tout. Rien. Je n'ai pas tenu la route. Je ne dormais plus, ne pouvais plus bosser. Je picolais sans arrêt. Matin, midi et soir. Je l'ai quitté un soir où il m'a montré les bouteilles alignées après un dîner. Je lui en ai voulu, à lui qui n'y était pourtant pour rien. J'ai pleuré toute la nuit. Un ver de terre avait davantage de tenue. Je ne me reconnaissais plus, je n'avais plus aucun respect pour l'homme que j'étais devenu. Le lendemain, je suis entré dans une clinique de désintoxication. Après, j'ai été chez les poivrots anonymes...

– Les quoi ?

– Les Alcooliques anonymes. Des gens qui ont traversé le même enfer que moi et qui se soutiennent grâce à des groupes de parole. Et c'est là que j'ai fait la connaissance d'Adrien.

– Que... que lui était-il arrivé à lui ?

– Rien.

– Comment ça, rien ?

– Rien de spécial, je veux dire. Pas de perte de boulot, pas de rupture affective brutale. Juste une lente descente dans la dépendance à la boisson parce qu'il était malheureux. » Philippe redresse la tête et regarde la jeune femme fixement : « C'est là qu'il m'a parlé de vous pour la première et la dernière fois, Nina. Son problème n'était pas son addiction à l'alcool. Son problème, c'était son addiction à... vous. À votre souvenir. À la passion qu'il vous portait malgré la vie qui passait, et qui ne lui offrait rien qui, à ses yeux, vous valait. J'ai alors compris qu'il n'avait jamais fait et ne ferait jamais le deuil – quel mot à la con ! – de cet amour échoué. » Nina est saisie d'un tremblement qui la secoue des pieds à la tête. Elle sait déjà tout ça. Elle sait qu'Adrien a voulu mourir à cause d'elle, ou plutôt à cause de ce qu'il croyait d'elle et qui n'était pas juste. Et tout ça à cause de cette maudite lettre interceptée par Enzo. Oh, Enzo, espèce de salopard ! Tout ce gâchis. Ce mal qu'il leur a fait. Mais entendre ce récit la replonge dans une profonde tristesse. Elle s'approche d'Adrien et se penche sur lui, bouleversée. « Et dire que cela, tu ne l'as pas écrit dans ta lettre... Même de cela, tu as voulu me préserver », songe-t-elle avant de questionner à nouveau Philippe, qui ce soir n'a pas besoin d'encouragements pour continuer : « Vous savez, Nina, il y a bien des manières de se foutre en l'air. L'alcoolisme est une voie royale, parce que vous pouvez longtemps faire croire que tout va bien, et les autres aussi. C'est dingue comme les gens préfèrent fermer les yeux, sur eux-mêmes autant que sur leurs proches, tant qu'ils peuvent continuer à faire semblant de tenir la route. Enfin, je ne vais pas vous donner un cours magistral sur ces désastres ordinaires... C'est juste que, pour Adrien, être aux AA voulait dire relâcher un peu la pression et écouter d'autres drames que le sien... L'alcool chez lui n'était pas le mal – il l'est rarement, remarquez –, plutôt le symptôme.

– Et cet homme dont vous étiez si épris, vous l'avez revu ?

– Jamais. Après, j'ai fait d'autres rencontres amoureuses. Le plus souvent, c'étaient des *one night stand*, des coups d'un soir, tantôt avec des filles, tantôt avec des garçons. Et puis, il y a six ans, j'ai fait la connaissance de Max. Une belle histoire. Il n'y avait plus de place que pour lui dans mon cœur. Nous sommes partis à Bali ensemble l'année dernière. Il y a ouvert un restaurant. C'était son rêve : un resto à lui, au soleil, face au bleu de l'océan. C'est moi qui ai mis les premiers fonds. On nageait dans le bonheur… »

Les mots ne parviennent plus à sortir de la bouche de Philippe. Il regarde ses chaussures. Ses grosses mains tremblent. Nina les prend dans les siennes et penche son visage contre le sien. Joue contre joue. À son tour maintenant de le consoler de son chagrin. Philippe essaie de poursuivre son récit, entrecoupé par les silences et les sanglots étouffés.

« Un jour… sans prévenir… il a pris ses affaires. Il est parti. En laissant juste un mot sur la commode de notre bungalow : "J'ai rencontré quelqu'un. Pardon pour le mal que je te fais. Je te rembourserai dès que possible. Prends soin de toi." »

Nina caresse le visage de Philippe. Elle passe et repasse lentement la main dans ses cheveux ébouriffés. Tout près du corps inerte d'Adrien, ses deux êtres chers se disent en silence qu'ils s'aiment.

63

Nina arrive en retard au rendez-vous que Robert lui a donné. Jamais auparavant elle n'avait mis les pieds au Flore, ce café mythique de Saint-Germain-des-Prés dont elle a entendu parler dans les livres, les articles de journaux, les émissions de radio ou de télé, même en Italie. C'est un lundi matin, la rentrée bat son plein. À l'extérieur, sur les tables rondes de la terrasse, quelques touristes louchent, dépaysés, pendant qu'à l'intérieur, dans une douce pénombre parfumée par les lis blancs jaillissant de vases immenses, bruissent les conciliabules des habitués. Lorsque Nina entre, elle ôte ses lunettes de soleil et plisse les paupières pour repérer l'éditeur. Quelques têtes se lèvent, on prend note à la fois de son allure et de son hésitation. Cette belle femme ne fait visiblement pas partie du clan, alors on baisse le regard pour le relever de nouveau lorsque Nina prend place à la table d'angle qu'occupe Robert. Qui est-ce donc ? Un nouvel auteur de Senso ? La dernière flamme de l'un des éditeurs les plus courtisés de Paris ?

« Le décor de ce café ne s'est pas beaucoup renouvelé au cours des cinquante dernières années, commente Robert pendant que Nina commande un *ristretto* et un croissant. Le plus grand changement s'est produit lorsque le panneau "Interdiction de fumer la pipe" a disparu. »

Nina ne répond rien. Elle semble immergée dans ses rêves, et c'est pourquoi Robert, si disert par ailleurs, si éloquent et à l'aise en public, se sent maladroit, c'est pourquoi il s'oblige à jouer le guide touristique... À faire le beau, pense-t-il maintenant en fixant les doigts de Nina qui jouent avec le papier du sucre, sa belle main aux ongles polis en amande. « Elle a vraiment une jolie tête d'Italienne », se répète-t-il, comme la première fois qu'il l'a vue dans son bureau. Robert se méfie de lui-même, à bon escient du reste puisqu'il connaît son penchant pour les brunes graciles aux grands yeux.

Dans le silence qui se prolonge, il décide de suspendre son jeu, comme au poker, l'une de ses passions. La stratégie est la même que pour un bon roman : si l'auteur retient ses larmes, s'il maîtrise l'émotion, c'est le lecteur qui pleurera.

Nina est toujours distraite, il ne l'intéresse pas beaucoup, semble-t-il, et brusquement il a un peu peur de se fourvoyer dans cette admiration qui grandit. Il s'efforce de ne pas la détailler, de ne pas contempler de manière ostensible la naissance de ses seins, à peine visibles sous sa chemise sage d'un mauve presque blanc. Nina est en train de parler maintenant, et il n'a pas entendu un mot de ce qu'elle dit car il contemple sa bouche, si fixement que Nina s'arrête et, riant tout doucement, lui dit de cette voix rauque qui le fait frissonner depuis le début : « Vous n'avez pas l'air bien, Robert. Que se passe-t-il ? Des soucis ?

– Non, non, ça va... Je réfléchissais à l'un de mes auteurs. Il m'a rendu un texte dont je ne sais que penser. » Et en disant cela il rougit, car il sait que Nina n'en croit rien, et il se battrait d'être si idiot, si ému et à découvert. Nina rit de nouveau. Ah, ce serait trop bête de tomber amoureux de cette fille qui en aime un autre, car Adrien est toujours là... Pour combien de temps encore, cependant ? Et qui la consolera, après ?

Nina lui parle de son mari à présent. Inquiète, elle lui avoue qu'elle est préoccupée par le silence d'Enzo. Depuis leur dernier coup de téléphone, au cours duquel elle lui confirmait sa décision de divorcer après avoir découvert sa signature sur la lettre recommandée, elle n'a plus réussi à le joindre. Se composant un air de circonstance, Robert ne peut s'empêcher de penser, « Entre un mari hors combat et un amoureux éclopé, je devrais pouvoir trouver ma place... Et si je lui proposais de passer le week-end dans ma propriété en Bretagne... Ça lui permettrait de décompresser un peu... loin d'ici... face à la mer... tout peut arriver ». Il s'en repent immédiatement. « Tu es pathétique, mon vieux ! » Nina est si malheureuse, si courageuse aussi. Irrésistible combinaison. Robert louvoie depuis tellement longtemps dans des milieux où l'amour est un jeu qu'il a du mal à prendre part à la peine de Nina sans tenter sa chance. C'est à cela qu'il réfléchit pendant qu'elle se tait à nouveau. Libre de suivre le fil de ses pensées, il revoit son dîner parisien de la veille, avec ce trader transi qui avalait des anxiolytiques comme des cacahuètes, ce beau ténébreux qui tombait amoureux tous les trois mois d'une nouvelle fille qui ne lui convenait jamais puisqu'elle avait le mauvais goût de s'éprendre de lui à son tour, cette très élégante et très riche quinquagénaire passionnée d'intrigues, ce romancier célèbre condamné à écrire comme un forcené pour payer ses pensions alimentaires. Le monde où Robert évolue est un milieu où les affaires amoureuses se vivent comme au dix-huitième siècle dans des cercles endogames où tout le monde couche, a couché ou couchera avec tout le monde, parce que l'amour y est devenu à la fois un luxe et un danger. Ces gens pourraient mourir de ces amours mal fichues, mais en quelque sorte, ils n'y croient pas. Ils boivent plus que de raison, prennent trop de somnifères, font du sport à outrance pour garder un corps désirable, et crèvent de trouille. Robert n'est pas comme ça, enfin, pas tout à fait. C'est vrai qu'il y croit chaque fois. Dommage que ça ne dure jamais longtemps. Se moquant en pensée de lui-même, pendant que Nina s'est éloignée pour répondre à un coup de fil sur son portable, il poursuit sa méditation désenchantée. Quelle différence avec *Nina*. Adrien meurt pour de vrai, lui... Ce serait formidable de pouvoir en tirer un film ! De nouveau, Robert sourit de lui-même, tiraillé entre son cynisme et sa part de vérité.

Nina revient à ce moment-là. Elle doit retourner à l'hôpital, Rose la réclame. Elle semble bouleversée.

64

« Ils me prennent pour une illuminée, Nina. Pourtant, je t'assure, je l'ai vu remuer les doigts.

– Calmez-vous, Rose. Je suis là. Racontez-moi exactement ce qui s'est passé.

– Je lisais à voix haute, comme je le fais régulièrement depuis… depuis qu'il est là, immobilisé. Et tout d'un coup… je l'ai vu bouger. Je te le jure, Nina, je ne suis pas folle ! On aurait dit que sa main palpitait, il pianotait du bout des doigts, comme si ça le démangeait.

– Je vous crois, Rose. Reprenez votre souffle. C'était quoi, le livre ?

– *Le Grand Passage*. Il l'adore. Cormac McCarthy, je ne sais pas si vous…

– Et il y avait quelque chose de particulier dans… ?

– C'était au moment de la mort de la louve que le jeune protagoniste essaye de sauver. C'est lui, Adrien, qui m'a fait découvrir McCarthy. Il disait que si cet écrivain ne remportait pas le Nobel un de ces jours, c'était à n'y rien comprendre.

– D'accord, vous l'avez vu faire ça, et ensuite ?

– J'ai appelé. Une infirmière est arrivée, une nouvelle que je ne connais pas, mais elle est repartie aussi vite, disant qu'elle allait avertir le médecin de garde. Un petit vieux, presque mon âge, l'air crevé, que je ne connaissais pas non plus, est venu un quart d'heure plus tard. Et il n'était pas... tu comprends... concerné... enfin... il m'a dit que je me faisais des idées... Que c'était sans doute un réflexe, rien de significatif. Il m'a traitée de vieille gâteuse, quoi...

– Qu'est-ce que ça peut bien vous faire, Rose ? L'âge, c'est dans la tête, et vous...

– Et moi, ma chérie... je suis presque morte de fatigue. Pas toi ? Emily doit me rejoindre pour qu'on grignote quelque chose ensemble. Tu te joins à nous ?

– Sortez prendre l'air, Rose. Il y a tellement de bistrots sympas dans le quartier. Moi, je n'ai pas très faim, après mon petit-déjeuner avec Robert. Au fait, vous savez quoi ? Je ne lui ai pas dit le plus important. J'allais le faire quand vous m'avez appelée, et puis ça m'est sorti de la tête.

Il faut que je retourne en Italie pour quelques jours.

– Rien de grave, Nina ? Les enfants ?

– Les enfants sont chez mes parents, ils reviennent de vacances, tout va bien de ce côté-là. Non, celui qui m'inquiète, c'est mon mari. Je n'ai pas de nouvelles de lui. Il ne répond plus au téléphone. Quelque chose ne va pas, je le sens, je le sais. Il faut que j'y aille.

– Tu partirais quand ?

– J'ai l'intention de voir Nicolas avant. Et je voudrais passer cette nuit encore avec Adrien. Il y a un avion pour Rome demain matin à neuf heures, à Orly. Je vais essayer d'y réserver une place.

– Je ne sais pas si c'est raisonnable, Nina, mais c'est à toi de voir. En attendant, file à la maison te reposer. Emily et moi, on achètera des sandwichs, on montera la garde auprès d'Adrien. J'ai l'impression que les médecins ont démissionné. Je les comprends, remarque, tous les jours il y a un nouvel arrivage de souffrance ici. Mais moi, j'ai un pressentiment, je suis sûre qu'il va se passer quelque chose. J'ai fait des rêves si curieux la nuit dernière ! En attendant, va, va, ma chérie. »

Nina s'approche de Rose pour recevoir, croit-elle, un baiser, mais alors qu'elle tend sa joue, la vieille gouvernante lui caresse le visage puis trace un tout petit signe de croix sur son front. Nina la fixe, une interrogation dans le regard, mais Rose ne dit rien et esquisse un mystérieux geste de la main, comme une bénédiction.

65

C'est une scène déjà vue. Dans l'appartement d'Adrien, Nina erre, attrape un livre, en parcourt quelques pages, le repose, prépare du thé qu'elle oublie de boire, s'assied dans le fauteuil devant la fenêtre, regarde les joggeurs du Luxembourg qui foulent les allées sur lesquelles les premières feuilles encore vertes sont tombées. Une angoisse nouvelle étreint sa poitrine, une crainte diffuse sur laquelle elle n'a pas de prise. Cela n'a rien à voir avec la douleur ou la peur, contrairement aux autres jours, c'est quelque chose de différent. Nina s'est déjà demandé comment elle ferait face aux prochains événements. Elle espère, elle n'espère plus, c'est une balançoire qui lui donne mal au cœur, une sournoise gueule de bois. On peut se préparer à la mort d'un être aimé, mais la perspective de la souffrance ne va pas au-delà de quelques jours, de quelques semaines. Elle sait déjà l'effet désarticulant qu'elle peut avoir, cette peine, quand elle survient enfin. Elle le sait depuis la mort de Manu. L'esprit se garde farouchement d'appréhender par avance la folie qui s'emparera de lui quand le mal va le déchirer, aussi aveuglant et dévastateur qu'une bombe.

Nina décide une chose puis son contraire, n'arrive pas à réserver son vol, chaque fois qu'elle se branche à Internet sur l'ordinateur d'Adrien pour prendre son billet d'avion, elle quitte la page au moment de confirmer sa commande. Comme Rose, elle sent que quelque chose va arriver. Et pourtant, elle ne s'explique pas cette sensation. Elle éprouve une véritable terreur à l'idée de partir.

Désœuvrée, elle arpente donc le salon à pas indécis, pioche une reine-claude et une mirabelle parmi les fruits qui emplissent un compotier, caresse Gaston qui grogne dans son sommeil, boit une gorgée de thé froid, s'assied, se relève, oublie en cours de route où elle allait, regarde avec une tendresse amusée le canapé encore défait sur lequel Philippe a passé la nuit, comme il le fait souvent depuis qu'ils sont devenus amis et qu'il vient dîner à l'appartement, apportant un souffle d'humour et cette force paisible qui fait un bien énorme aux trois femmes. Soudain, elle fait volte-face et entre dans la chambre d'Adrien, que Rose lui a attribuée depuis qu'elle habite là.

Comme c'était étrange de dormir dans son lit, de poser la tête sur son oreiller, de respirer son odeur, son parfum un peu amer qui flotte plus particulièrement dans cette pièce sévère, nue, dépouillée, où les livres s'amoncellent sur la table de nuit et à même le plancher. Nina les feuillette, émue de caresser ces pages qu'Adrien a touchées sans se douter qu'elle le ferait à son tour quelques mois après. Dressé sur son socle qui fait aussi haut-parleur, l'iPod d'Adrien trône sur la commode. Nina se rend jusqu'à l'armoire et l'ouvre. Elle plonge son nez dans les affaires qu'il devait mettre à la maison, un pull délavé, des tee-shirts défraîchis. Tout est vieux, usé, très doux. Elle l'imagine dans ces vêtements, et se représenter son corps lui donne un frisson. En tâtonnant au fond des étagères, elle trouve deux jeans, un noir et un bleu clair, troués, effilochés aux ourlets. Lentement, elle se déshabille et enfile le Levi's noir, large et trop long pour elle. Elle se penche pour le retrousser et reste quelques instants torse nu devant le grand miroir de la penderie. Elle décroche une chemise blanche froissée, déjà portée, en noue les pans sur son ventre et la boutonne jusqu'au cou. C'est alors que la sonnette retentit.

66

Robert est préoccupé. Assis à son bureau, fenêtre ouverte, pipe éteinte à la bouche, il farfouille dans ses cheveux avec un stylo mordillé au bout. Il vient de raccrocher le téléphone. Le médecin qui suit Adrien lui a donné les dernières nouvelles. Pas bonnes, pas bonnes du tout. Enfin... ce n'est même pas ça. Il n'y a rien de nouveau. Le problème de l'éditeur, c'est qu'il va bien falloir donner quelque chose à ronger aux journalistes qui le harcèlent depuis des mois pour connaître le nom de l'auteur du best-seller de l'été, et jeter un os, quel qu'il soit, aux chefs de rubrique qui aimeraient faire un portrait de l'écrivain dans leurs pages. De plus, le fait que le roman figure désormais sur l'une des listes des grands prix de l'automne complique les choses. C'est formidable et inespéré, et même si tous les coups sont permis à la guerre, en amour et au cours de la rentrée littéraire, l'envie de protéger Nina se heurte à celle de pousser ce livre singulier vers une belle victoire. Senso, la maison d'édition, est aussi petite que son prestige est grand, et un succès de librairie fait vivre la boîte pendant plusieurs mois, l'aidant à publier des auteurs encore inconnus, lui permettant de les soutenir, de leur verser des avances suffisantes pour qu'ils puissent se consacrer à leur travail d'écriture sans avoir à faire face à trop de difficultés matérielles. À force de fourrager dans sa chevelure, Robert a fini par s'écorcher le cuir chevelu, c'est malin, ça saigne maintenant. Fumer fait moins mal, dans l'immédiat en tout cas. En rallumant sa pipe, l'éditeur soulève son téléphone et compose un numéro qu'il connaît par cœur.

67

En jean trop large, pieds nus, Nina s'est effacée devant Nicolas pour le laisser entrer. À peine un bonjour entre les dents. Elle lui propose du thé, un verre de vin, mais il secoue la tête et, lui tournant le dos, se dirige vers le salon. Nina le suit, regard baissé vers le parquet en point de Hongrie. Très beau mais un peu terne, ce bois, il faudrait le cirer, elle devrait le faire, c'est une tâche ménagère trop dure pour Rose. Nina traîne pour retarder le moment d'affronter le visage fermé de Nicolas.

Assise en face de lui devant la cheminée éteinte, elle commence à parler, mais Nicolas l'interrompt : « Tu te rends compte, non, que ça ne peut pas durer ?

– Que s'est-il passé de nouveau, Nicolas ? Nous étions d'accord qu'il me fallait – qu'il nous fallait, à Adrien et à moi – un peu de temps. » Nicolas se lève d'un bond, fait de grands moulinets avec les bras : « Du temps... du temps, c'est justement ça, le problème, tu ne vois pas ? Adrien ne re-vien-dra pas, explose-t-il. Pourquoi vous ne voulez pas regarder la réalité en face, Rose et toi ?

– Calme-toi, Nicolas.

– Non, je ne veux pas me calmer. Pauline me répète ça à longueur de journée, toi et Rose, on dirait que vous... que vous complotez contre moi ! C'est toujours moi le gros méchant, le salaud ! Alors qu'en fait je suis le seul qui garde son bon sens.

– Mais Adrien peut se réveiller d'un moment à l'autre, il a bougé, on l'a vu... Rose était là quand il a remué les doigts...

– Mais oui, bien sûr, fulmine Nicolas, il va se réveiller frais comme une rose et nous faire un petit coucou avec sa main paralysée... Tu as vu ses ongles ? Ils sont bleus. Tu as vu ses jambes ? Sa tête, ses yeux ? Mon frère est un mort qui respire !

– Je t'en prie. Je t'en supplie. Laisse-nous... »

Nicolas se rassoit, le visage entre les mains. Comme il ressemble à Adrien, à cet instant ! Les mêmes cheveux noirs, trop longs pour une fois. Il a maigri ces derniers temps, ses traits sont tirés, ses yeux battus.

« Nina… Cette fois-ci, je n'y peux rien. Ce n'est pas de moi que vient la décision. Les médecins… tous… et même celui qui le suit depuis le début… ils disent qu'il faut se résigner. Inutile de s'acharner. C'est fini. »

Nina s'approche, s'accroupit devant lui, prend sa tête contre elle, le berce comme un enfant. Sa voix sent les larmes toutes proches, une émotion qui la fait trembler des pieds à la tête :

« Je suis là, Nicolas. Je… je comprends. Je dois partir demain en Italie, mais je reviens vite. Je ne te laisserai pas seul, je te le promets. S'il faut prendre cette décision, on la prendra ensemble. Nico, *caro*, regarde-moi. Cesse de te tourmenter. Je suis avec toi. Nous sommes tous avec toi. »

Nicolas relève la tête. Leurs visages sont si proches que leurs souffles se mêlent. Nina a du mal à entendre ce qu'il répète d'une voix brisée, il ne veut pas qu'Adrien meure, il ne peut pas perdre tous les siens et rester seul au monde, il ferait n'importe quoi pour que son frère vive, il lui donnerait ses yeux, ses reins… son cœur s'il le fallait. Elle ne peut que le bercer, encore et encore.

Le petit vent du soir fait claquer la porte lorsque Nicolas repart, courbé par la douleur. Nina demeure à sa place sur le canapé face à la cheminée éteinte, les yeux dans le vide, poupée désarticulée.

68

Dans le taxi qui l'emmène vers l'hôpital Saint-Antoine, Nina allume l'iPod d'Adrien. Elle met les écouteurs, se coupe des bruits de la circulation. Sur le boulevard Saint-Michel, elle ferme les yeux. C'est le soir, les gens rentrent dîner chez eux ou sortent pour aller au restaurant, au cinéma, au théâtre. Nina ne veut pas les voir, il lui semble que tout le monde est gai, léger, sauf elle, avec ce poids qui la fait chanceler de mélancolie, de rage aussi. C'est injuste, se répète-t-elle, s'essuyant les yeux des poings comme les enfants. Paris est si beau à ce moment de l'année, il fait frais la nuit, tiède la journée, le soleil caresse la peau sans la brûler, l'automne n'est pas encore tout à fait là, à peine une promesse de rousseur sur les arbres, une odeur de fruits mûrs sur les marchés.

Dans la liste des chansons les plus écoutées de l'iPod d'Adrien, il y a *Tears in Heaven*, qu'Eric Clapton avait composée à la mort de son fils de quatre ans tombé du cinquante-troisième étage d'une tour de Manhattan. *Would you know my name if I saw you in heaven ?* Saurais-tu mon nom si on se voyait au paradis ? Je dois être fort, et continuer à avancer. « Oui, se dit Nina, je dois être forte pour toi aussi, Adrien. Je te reconnaîtrai et je te retrouverai dans l'au-delà, où que tu sois. »

À l'angle du boulevard Henri-IV, Nina demande au chauffeur de s'arrêter quelques minutes. Elle descend, entre dans un magasin de fleurs, en ressort avec des roses blanches. Adrien les aimera, il adorait qu'elle connaisse les noms des plantes, et qu'elle les lui apprenne. De toutes les fragrances qui embaumaient leur chemin en pierre, cette pente à contre-jour dans le bleu des vagues, c'était vers l'herbe à curry qu'il se penchait toujours pour en froisser les minuscules marguerites jaunes qu'il fourrait dans les poches de son short. « Ça s'appelle helichrysum, lui avait-elle dit, un peu péronnelle. Immortelle aussi.

– Alors nous prenons toi et moi, matin et soir, le chemin des immortelles ! » s'était-il exclamé, heureux. Petits bonheurs, pauvres joies passées, si modestes, si simples. Qui aurait cru qu'elle en aurait la nostalgie trente ans après ? La vie était si claire alors, si lumineuse. Le chemin des immortelles paraissait tout tracé.

Nina ôte les écouteurs, tape doucement sur l'épaule du chauffeur, lui dit qu'elle voudrait revenir en arrière, au Jardin des plantes. « Je suis désolée, lui dit-elle en s'excusant, j'ai oublié quelque chose d'important. » Le chauffeur maugrée pendant qu'elle s'excuse encore. Arrivée aux grilles du jardin elle bondit hors du taxi, court vers le carré des herbes, arrache quelques brins d'helichrysum grillés par l'été en guettant les gardiens, revient à la voiture le souffle court. Le chauffeur l'accueille avec un : « Ça y est, on peut repartir maintenant ? » si rogue que Nina se rencogne sur la banquette et ne prononce plus un mot. Elle n'a même plus la force de s'excuser.

Une fois devant l'hôpital elle compte l'argent et ajoute un pourboire, mais le chauffeur refuse. Nina, interloquée, le voit se retourner tout penaud : « Pardonnez-moi pour tout à l'heure. Moi aussi, j'ai quelqu'un à l'hôpital, en ce moment. La course est pour moi. »

69

Sur son lit blanc, Adrien respire doucement pendant que Nina fait couler ses cheveux sur son visage, embrasse ses paupières, ses lèvres blêmes, puis frotte la pulpe de ses doigts avec les fleurs d'immortelle. Un parfum d'Italie, de réglisse, de maquis se diffuse dans la chambre d'hôpital. Nina effeuille les roses et en répand les pétales sur le corps d'Adrien, sur ses pieds, ses hanches maigres et sa poitrine décharnée.

« Je me rends compte que je ne veux pas que cette nuit finisse. Je cherche d'autres mots mais je ne les trouve pas. Je ne veux pas que cette nuit se termine, c'est tout. Tous ces jours à côté de toi, j'ai mesuré mon temps à notre bonheur passé. Je sais pourquoi je veux t'empêcher de mourir, mon amour : je crois qu'on nous a volés. Nos étés étaient l'annonce d'une vie, d'une existence que nous n'avons pas eue. Est-ce que tu as lu *Si par une nuit d'hiver un voyageur*, un livre de Calvino dans lequel il met en scène des débuts de roman qu'il ne développe pas ? Cette œuvre m'a longtemps agacée, ces destins qui se croisent et se manquent, ces personnages qui se rencontrent pour se perdre m'ont dérangée. Tu sais que je suis croyante, mais la foi de mon enfance, lumineuse et confiante, m'a quittée. À sa place, maintenant, il y a une espérance inquiète, incertaine. Je devrais savourer la chance qui m'a été donnée de te revoir, de savoir que jamais tu n'as trahi ton cœur, que tu m'as aimée à en mourir. Être reconnaissante. Ces derniers jours j'ai prié pour toi, pour moi aussi. J'aurais tant voulu qu'on m'aide à accepter ce qui nous arrive, mais j'en suis incapable. Moi qui remettais mon existence entre les mains du Tout-Puissant, aujourd'hui je suis révoltée. Comment croire que nous nous sommes retrouvés pour être séparés à jamais ? Je pensais naïvement que mon amour pourrait t'atteindre et te ramener à la vie, pourtant tu restes sourd et muet. Il faudrait te laisser partir mais je suis comme ton frère, Nicolas, je demeure la petite fille qui crie : "Et moi, et moi ?"

Quand je me promène dans Paris, quand je traverse une rue, souvent un panneau me fait sourire : "attention, feux décalés". Adrien, nos feux n'étaient pas décalés. Quel esprit malin s'est moqué de nous ? Quel sens a tout cela ?

Ce soir je devrais lâcher ta main, t'abandonner à la marée. Commencer à m'habituer. Je sais tout ça. Où trouver la force ? Mais on la trouve toujours, cette force, non ?

Je repense à cette petite grotte où nous allions. Comment arrivions-nous à nager en nous tenant par la main ? Nous le faisions pourtant. Il est vrai que cette eau bleue, verte, violette, salée, transparente comme elle peut l'être dans les rêves, nous soutenait. Nous pénétrions l'ombre et là, la mer se faisait noire. Je me rappelle sa puissance, son souffle, et comme elle respirait fort. Sur la montre à ton poignet, tu contrôlais l'heure exacte. Il fallait qu'on y soit à un moment précis, car alors nous pouvions nous asseoir sur un bloc de roche plat qui émergeait tout au fond. Les cris des hirondelles de mer couvraient parfois le bruit du ressac. Nous nous frottions l'un l'autre avec la paume de nos mains, mouillés, transis, chair de poule, peau sur peau, enfants bouleversés, puis à nouveau tu vérifiais l'heure et nous nous jetions dans les vagues pour rentrer. Le courant était violent, le danger aurait été grand si tu t'étais trompé, mais chaque fois nous revenions sur notre plage, au soleil, contents de nous et de notre secret. Un jour, un seul, nous avons été pris de court. Ta montre, Adrien, s'était-elle arrêtée ? Ou t'étais-tu trompé exprès ? Nous avons été obligés de passer la nuit dans notre grotte. Il faisait si froid que nous n'avons pas fermé l'œil, collés l'un à l'autre et claquant des dents. Nous nous sommes raconté des histoires d'épouvante pour conjurer la crainte de nos corps trop proches et de cette liberté d'action si bizarrement gagnée. Quand, au petit matin, nous avons enfin pu rentrer... avec quelle joie nos parents nous ont accueillis ! Ils étaient si soulagés qu'ils nous ont presque félicités de ne pas avoir pris de risques inconsidérés. Je me souviens de leur regard hanté, le même qu'ils avaient lorsque Manu est parti.

Tu dois plonger tout seul maintenant, Adrien. Tu ne reviendras peut-être pas cette fois-ci. Je ne peux pas croire pourtant que je vais rester seule sur notre rocher !

Seigneur, je vous en prie, ne me l'enlevez pas. Aidez-moi, aidez-le. Je ne peux pas lui dire adieu. Rendez-le-moi. Je vous en supplie. »

70

Le vol de Nina pour Rome est prévu à neuf heures. Sa place dans l'avion est réservée et sa valise bouclée, mais c'est avant l'aube qu'elle se lève, énervée par ce temps dont chaque instant se dilate jusqu'à devenir intolérable. La tension, l'attente, l'angoisse et l'espoir se succèdent sans répit. Depuis qu'elle a quitté Adrien pour rentrer à l'appartement, cette nuit, elle n'a cessé de sursauter pour tout, pour rien, le craquement d'une latte du plancher, un soupir plus fort de Gaston. Elle s'est couchée, tournée et retournée sans trouver le sommeil, les yeux fixés sur une petite bougie qui brûlait devant l'icône de la Vierge qu'elle a rapportée de l'hôpital et qu'elle ne peut s'empêcher de continuer à prier, mécaniquement, hypnotiquement. Gaston, demeuré au pied du lit les oreilles dressées, a également veillé. Étrange, se dit-elle, en enfilant le vieux jean d'Adrien et l'un de ses sweat-shirts avant de traverser le salon pieds nus pour aller se préparer une tasse de thé. Le chien la suit comme son ombre, accompagnant tous ses mouvements d'un regard anxieux. Il geint lorsqu'elle se penche pour le caresser, alors Nina s'accroupit près de lui et pose sa joue sur son cou, reniflant son odeur chaude, fourrageant dans sa fourrure jusqu'à ce qu'ils se calment, tous les deux.

La pendule du salon sonne quatre coups. La bouilloire siffle. Rose et Emily, en pantoufles et robe de chambre, viennent d'entrer à leur tour dans la cuisine. Elles ne posent pas de questions, s'embrassent légèrement, boivent leur thé bouillant à petites gorgées, ouvrent un vieux journal qui traîne sur la table, mettent des tranches de pain à griller. Cette nuit est si longue ! Attendre ensemble, c'est tout ce qu'elles peuvent faire. À part quelques mots murmurés à voix basse, elles ne se parlent pas. L'impression que tout est dit plane, pesante, pénible à supporter. De temps en temps, l'une d'elles souffle, puis Emily bâille et Gaston aussi, suivis de Rose. Alors Nina rit, et même si c'est un rire triste, cela suffit pour les faire sourire toutes les trois. Le ciel, dehors, s'éclaircit.

À l'instant où Nina retourne dans sa chambre pour terminer ses préparatifs, un homme pénètre dans la chambre d'hôpital où Adrien gît inconscient, désarmé, les yeux fermés. Il reste dressé face à lui, sans ôter son grand manteau noir. Noir comme son regard. Un regard hanté.

71

Un bruit étrange réveille Robert en sursaut. De son lit, il écoute attentivement, mais tout est calme. Qu'était-ce donc ? Il a encore à l'oreille ce déclic, comme la serrure d'une porte que quelqu'un forcerait. Ensommeillé, il se redresse contre ses oreillers, cherche ses lunettes sur la table de nuit, renverse le verre d'eau qui s'y trouve, jure, éveillé tout d'un coup. Cherchant ses mules d'un pied hagard, il allume la lampe et consulte l'heure à son chevet. À nouveau, un juron s'échappe de ses lèvres. Ce bruit, il l'a sûrement rêvé. Que faire maintenant ? Il se connaît, il ne retrouvera plus le sommeil pour cette nuit. L'amoncellement de manuscrits par terre le nargue, le dernier sur la pile encore ouvert à la moitié. En caleçon et tee-shirt, il fait le tour de l'appartement, vérifie la porte d'entrée, verrouillée, et les fenêtres, bien fermées. Désœuvré, il ouvre le frigo, fouille dans ses entrailles, en sort une bouteille de Coca qu'il débouche, en boit une gorgée, grimace, se prépare un toast au fromage qu'il emporte jusqu'à son bureau. Hirsute, ses lunettes sur le sommet du crâne, il pose son plateau, met de l'ordre sur sa table de travail, s'assoit dans le confortable fauteuil rembourré. L'ordinateur allumé marque quatre heures et demie, ni tout à fait le jour ni tout à fait la nuit. Entre chien et loup, pense Robert, exactement ce qu'il faut pour ce métier.

Qui sait ce qu'il va advenir d'Adrien Isambert ? Il ne reste plus d'espoir, semble-t-il. Les derniers jours ont été éprouvants pour cette adorable petite Nina. Elle a passé toutes ses nuits à l'hôpital, croyant jusqu'au bout au réveil de l'homme qu'elle aime, mais on ne peut plus se faire d'illusions. Le médecin qu'il a dépêché en secret – mieux vaut avoir ses propres sources pour prendre les décisions qui s'imposent – lui a clairement fait comprendre que c'était fichu. C'est une question de jours, voire d'heures, maintenant, avant qu'on le débranche. Le frère a donné son accord, puis est revenu sur sa décision. Il ne tardera pas à changer encore d'avis lorsque Nina sera repartie. Heureusement, la signature de Rose couvre légalement la publication du livre. Et cette histoire rebondira.

Dommage pour Adrien, pour Nina aussi bien sûr, mais le roman a encore de beaux jours devant lui. Quand les journalistes sauront... Ce n'est pas du cynisme, s'absout Robert, mais du réalisme. La littérature, c'est bien beau, mais les ventes, ce n'est pas mal non plus. Ragaillardi, un vieux plaid sur les genoux, sa première pipe au bec, l'éditeur replace ses lunettes de travail sur son nez – de grosses loupes en écaille de tortue avec lesquelles il mourrait de honte de se montrer en public, et qui ne sortent par conséquent jamais de cette pièce – et reprend la lecture du dernier manuscrit là où il l'avait laissée.

72

Titou a mal au ventre. Il s'est levé pour le dire à ses parents, et aussi pour leur annoncer, tout honteux, qu'il a fait pipi au lit. Il y avait longtemps que ce n'était pas arrivé. Sa petite sœur s'est réveillée sur ces entrefaites et réclame Emily, pourtant partie depuis plusieurs mois. Pauline ne sait plus où donner de la tête entre Titou qui pleurniche et Candice qui veut jouer aux petits chevaux. Nicolas, debout sur le pas de la porte, appelle la fillette et le garçonnet, les entraîne dans le grand lit conjugal et entreprend de leur raconter une histoire pendant que Pauline change la literie d'Antoine et fourre les draps humides dans la machine à laver. Quatre heures et demie. Mais que se passe-t-il donc ? On dirait que personne ne veut dormir cette nuit. Fatiguée, elle se recouche aux côtés de Nicolas qui somnole après avoir réussi à rendormir les enfants et se serre contre lui, car ils prennent toute la place. Elle pense à Nina qu'elle a brièvement rencontrée à l'hôpital, le cœur lourd de peine pour cette femme qu'elle ne connaît pas mais qu'elle ne peut qu'admirer. Elle se souvient de cette phrase lue sur les murs d'un musée d'Avignon, une phrase écrite en grandes lettres qui tournent tout autour d'un patio planté d'énormes platanes. Elle revoit la lumière filtrée par les feuilles des arbres centenaires, les rayons du soleil qui jouent sur les pavés. Mais qui donc a décidé de faire peindre « Je crois aux miracles » sur les murs du vieux palais avignonnais ? Pauline aussi croit aux miracles, même si ça devient de plus en plus difficile de penser qu'Adrien reviendra.

C'est alors que Nicolas se retourne, ouvre les yeux et la regarde comme il ne le faisait plus, lui semble-t-il, depuis des années. Maintenant il l'embrasse sur les lèvres, un long baiser silencieux, ardent, si doux qu'il la fait frissonner. Elle colle davantage son corps contre celui tout chaud de son mari qui referme ses bras autour de son buste. C'est plus un appel au secours qu'une étreinte. Non, cette nuit n'est pas comme les autres, pense-t-elle, et voici que Nicolas approche sa bouche de son oreille et murmure quelques mots qu'elle n'entend pas. Elle lui demande de répéter, et il lui dit, si distinctement que les enfants protestent dans leur sommeil : « Je t'aime Pauline… Je t'aime tellement, si tu savais. »

Il se passe quelque chose, se dit à nouveau Pauline, et elle ne peut que répondre « Merci », puis ajoute, car « Merci » n'est pas le mot approprié même si c'est la gratitude qui, à cet instant, l'emplit : « Je t'aime aussi. »

Ni elle ni son mari ne savent que l'homme des ténèbres vient de se pencher sur le lit d'Adrien et le regarde fixement, maintenant, sur le point de le toucher.

73

Rose entend Nina s'agiter dans sa chambre. Il faut qu'elle commence à s'habiller, le taxi est prévu à sept heures et quart. Quelle nuit ! La vieille femme finit de préparer du thé, l'appelle. Pourquoi porte-t-elle encore ce jean dans lequel elle est perdue et ce vieux tee-shirt ? Elle va partir à Rome comme ça ? La gouvernante ouvre la bouche pour lui demander ce qui se passe lorsque Nina prend la parole : « Il faut que j'aille à l'hôpital, tout de suite, je ne sais pas pourquoi... Je suis si oppressée que j'arrive à peine à respirer.

– Nina, ma chérie... calme-toi. Tu veux qu'on appelle Saint-Antoine ?

– Oui, non, enfin, faites comme vous voulez. Moi, j'y vais.

– Tu as un avion à prendre, Nina. Tu ne peux pas le rater.

– Il faut que je sois à Orly à huit heures, tout est prêt, mes bagages sont faits. J'ai le temps, Rose, ou pas, peu importe. Je veux le voir, c'est peut-être la dernière fois...

– Si quelque chose était arrivé, ils nous l'auraient fait savoir, ma chérie.

– Je ne suis pas folle, c'est que... j'ai un pressentiment. J'espère arriver à temps.

– Je t'accompagne, alors.

– Pardon Rose, mais je ferai plus vite sans vous.

– Nina... ton sac. Ton portefeuille, ton portable, ma chérie. Et chausse-toi, tu ne vas pas y aller pieds nus...

– Oui, oui. À tout à l'heure. Et priez pour lui, Rose. »

74

Nous y voilà, Adrien, mon ami. À nouveau l'un face à l'autre comme au temps de notre adolescence. Complices et rivaux comme nous l'avons toujours été. Jamais je n'aurais pensé te revoir, et pourtant, je crois que pas une semaine ne s'est écoulée sans que je rêve de toi. Le mot « rêve » n'est pas le bon, d'ailleurs, c'étaient plutôt des cauchemars que je faisais, d'horribles songes au cours desquels tu me réclamais ce que je t'avais pris : Nina. Nina que tu adorais, qui t'adorait. Nina qui était faite pour toi, et toi pour elle, ce que j'avais compris un jour sur la plage alors que nous étions à peine adolescents. Elle te regardait avec tant d'amour. De dévotion amoureuse, devrais-je dire. Jamais elle ne m'avait regardé comme ça, avec cette émotion et cette crainte, et depuis cet instant j'ai été jaloux de toi.

Je percevais moi-même ce qu'elle admirait chez toi, ta douceur farouche, ta détermination aussi, ce côté ange sombre qui plaît tant aux filles... Non, je devrais te rendre justice, et au moins maintenant, arrêter de me mentir. Nous n'en sommes plus là, toi et moi, n'est-ce pas... D'un seul coup d'œil, j'ai vu ce que tu avais de plus que moi et qui, me connaissant comme je me connaissais malgré mon jeune âge, me manquait : ta droiture d'esprit.

Adrien. Je suis sûr que si tu pouvais me parler à cet instant, tu te moquerais de moi. Oh, gentiment, je te connais... Tu me dirais, avec ce sourire qui faisait ton charme : « Cesse donc de te flageller. Bouge-toi les fesses, plutôt. » Parce que pour toi, déjà, le libre arbitre ne pouvait que nous pousser vers la lumière, tu croyais que nous en sommes tous capables. Mon ami, comme tu te trompais. Peut-être ne voit-on jamais chez les autres que ce qui nous fait défaut, les qualités qu'il nous faudra lutter pour acquérir, mais c'est vrai que, depuis que j'ai compris que Nina t'aimait plus que moi, je t'en veux. Ne te méprends pas, c'est de l'amour aussi, mais un amour qui a mal tourné : tu étais ce que je ne serais jamais, et ça, je ne pouvais pas le supporter. Je me suis promis que jamais Nina ne serait à toi.

Les années de notre enfance, de notre adolescence, ont filé. Quand je regarde en arrière, j'enrage. J'ai serré les poings. J'ai fait semblant plus souvent qu'à mon tour. Je vous voyais communiquer dans un langage secret que j'étais incapable d'employer. Mon cœur se rebellait, pourtant j'ai donné le change. J'ai appris à jouer de la guitare pour elle, pour elle j'étais le meilleur au foot, pour elle je me lançais de rochers de plus en plus hauts, de plus en plus dangereux. Comme toi, qui ne m'as jamais laissé gagner. Mais toutes ces épreuves physiques n'étaient rien à ses yeux. Tu ne t'en souviens pas – en tout cas, tu n'en as pas parlé dans ta lettre – mais c'est à moi que tu avais montré les poèmes que tu écrivais. À moi ! N'étais-tu donc, au fond, qu'un manipulateur diabolique ? Un être malfaisant ? Mais non, tu pensais simplement que notre amitié suffisait à étayer la confiance que tu m'accordais. Quelle erreur, mon ami. J'en ai pleuré, de tes vers pour Nina. Jamais je n'aurais pu écrire des paroles aussi belles, même si quand je les lisais, j'étais étonné de découvrir que tu décrivais exactement ce que je ressentais. Cela aussi était injuste. Quelles armes me laissais-tu ? De quel arsenal pourrais-je disposer, moi qui savais seulement faire rouler mes biceps et gratter ma guitare ?

Alors, oui, quand l'occasion m'en a été donnée, je me suis emparé de tes mots sans remords, puisque au fond je ne faisais que te les emprunter.

Tout ce que tu écrivais, j'aurais pu l'écrire, si seulement j'avais su m'exprimer. J'étais sincère. Cela, Nina aurait dû me le pardonner, même s'il est vrai que par la suite je n'ai pas été aussi honnête que tu l'aurais été. J'avais si peur de la perdre ! J'étais si angoissé à l'idée qu'un autre homme me la prenne. J'ai été tyrannique avec elle, et par lâcheté, par colère parfois – je l'aimais trop –, je l'ai trompée, comme on trahit la meilleure partie de soi lorsqu'on ne peut être à la hauteur de ce que l'on voudrait. Je peux t'entendre ricaner : « Trop facile, Enzo, de venir pleurnicher maintenant. » Non, ça n'a pas été facile, Adrien. Tu ne t'en rends pas compte, parce que pour toi c'était normal d'être ce que tu étais, beau et lumineux et intelligent et doué et poète. Tu ne te rends pas compte, puisque tu avais l'amabilité de ne pas être condescendant avec nous, tes amis, mais nous en souffrions tous, tu sais. Même ton frère, même Nicolas... Nous nous sentions inférieurs. Alors vas-y, mon ami, moque-toi tant que tu veux. Tu auras été parfait jusqu'au bout. Tu n'auras failli ni à la très haute idée que tu te faisais de la vie, ni à l'amour que tu avais pour Nina. Seulement, vois-tu, Adrien, même à moitié mort sur ce lit, tu continues d'être mon adversaire.

Nina m'a quitté, mais tu ne l'auras pas pour autant. Nous y voilà, Adrien. Face à face, comme autrefois.

75

« À peine cinq heures du matin, fulmine Philippe en regardant son téléphone portable posé sur sa table de chevet. Putain de rêve ! Comment je vais me rendormir, moi, après ça ? » Il se lève, va à la cuisine, et pendant qu'il boit un grand verre d'eau chaude, comme il a pris l'habitude de le faire au réveil, il tente d'assembler les pièces éparses du puzzle de son cauchemar. « Il y avait des éléphants qui marchaient le long des berges de la Seine et qui ont été emportés par une violente crue… Et puis cet homme qui essaie de crier pour avertir d'un danger et qui n'y arrive pas… Aucun son ne parvient à sortir de sa gorge, alors que ses yeux semblent voir l'horreur. Tu ne vas pas bien, toi », continue de marmonner Philippe en arpentant son salon, nu sous sa robe de chambre aux couleurs du club de foot du

Barça dont il est un grand fan. Par la fenêtre, le jour se lève à peine. Pas moyen de se débarrasser du malaise qui lui colle à la peau. « C'est bizarre, se dit-il, j'ai l'impression qu'il se passe quelque chose. Mais quoi ? C'est comme… comme une menace. Mais pourquoi ? Qui est en danger ? » Il tourne machinalement le regard vers la commode placée à droite de la fenêtre et ses yeux se posent sur une photo qu'il a fait encadrer à son retour de Bali. Une photo de lui et d'Adrien en train de rire aux éclats à côté de Lolita, la jument, avec Gaston qui les regarde comme s'ils avaient perdu la raison. De quoi riaient-ils ? Il ne sait plus, cherche, se perd, quand, soudain, son corps se glace : « Adrien est en train de mourir. Pour de bon, cette fois. »

76

Saute, ma Lolita, voilà, comme ça. Brave fille, va, file, Lolita, vole jusqu'à la mer

Le cri de l'infirmière de nuit

Comme tu es belle, Lolita, jamais plus séparés, jamais

Sous les fleurs alanguies qui couvrent le lit, les vivants gémissent, attendant leur tour

On séchera sur le sable, tu auras de l'avoine, un plein seau, plus vite, ma fille, cours

Le hurlement d'un homme blessé à mort

Une femme visage caché, ses longs cheveux noirs, l'orage éclate sur les vagues, l'ombre l'engloutit, elle disparaît, où es-tu partie, ma chérie… Viens, Lolita, on rentre à l'écurie

Des pétales de roses volettent à travers la chambre puis tombent au sol, papillons blancs ensanglantés

77

La porte de la chambre d'hôpital claque, ouverte à la volée. Pendant un instant, Nina ne comprend pas. Bras ballants, elle reste immobile sur le seuil, puis dans une plainte qui n'en finit pas, elle glisse à terre et s'accroupit, se balançant et se tenant le ventre comme si elle avait été frappée par une balle perdue. Les dernières images qu'elle a d'Adrien tourbillonnent dans sa tête, elle voudrait hurler mais elle n'a plus de salive dans la bouche. La tête entre les mains, elle suffoque, ses sanglots secs résonnent dans la pièce vide, machines éteintes, avec ce lit nu comme un squelette de fer qui trône au milieu. Les murs blêmes répercutent ses gémissements. Adrien s'en est allé sans personne pour lui tenir la main. Tout seul. Elle l'a abandonné.

L'infirmière qui entre à ce moment-là la surprend comme ça, recroquevillée au sol, monceau de vêtements jetés au rebut et, malgré toutes ces années au cours desquelles elle a côtoyé mille misères, mille douleurs, de celles qui rendent muets, de celles qui ne vous lâcheront plus jamais, elle a pitié de cette femme. Nina se retourne alors vers elle et parle la première : « Où est-il ? Où avez-vous mis son corps ? »

Comment répondre à cette malheureuse ? Lui touchant l'épaule, l'effleurant avec précaution, comme on calmerait d'une caresse un animal blessé, car Nina a un regard halluciné qui fait peur, l'infirmière murmure : « Il est en bas. » Puis ajoute : « À la morgue. »

78

Descente aux enfers. Couloirs sombres, chariots vides, draps souillés, odeur très forte d'eau de Javel, ascenseur qui sent déjà la mort. Nina somnambule, Nina gelée, Nina cœur déchiré suit l'infirmière sur des jambes en bois. Des kilomètres entiers elle marche dans la nuit noire, ça tape à grands coups à l'intérieur de sa poitrine, c'est quelque chose qu'elle attendait, quelque chose qui ne ressemble à rien de ce qu'elle connaissait jusque-là, pourtant. Nina un pied devant l'autre, Nina qui ne pleure pas, et les images d'Adrien se succèdent devant ses yeux, la première fois sur la terrasse bleue, son short et ses sandales empoussiérées, Adrien plongeant du haut d'un rocher dans la mer à treize ans, Adrien assoupi au soleil à dix-huit, sa gaieté, sa mélancolie, ses silences, ses regards quand il croyait qu'elle ne le voyait pas, ce baiser qu'il ne lui a pas donné, qu'elle n'a pas pris, et maintenant c'est fini, plus d'espoir, plus de mots, plus de prières, ange de Dieu qui êtes mon gardien, où êtes-vous maintenant que j'ai besoin de vous, je ne vais pas y arriver, toutes ces années devant moi sans lui, comment faire, mon Dieu, ce désert, ce ciel vide, cette mer dans laquelle il ne nagera jamais plus, Nina s'aperçoit qu'elle y a cru, il se réveillerait et elle le soignerait, ils vieilliraient ensemble, oui, elle y a cru malgré tout, même quand elle pensait ne plus y croire, la foi l'a soutenue, maintenant c'est fini, *Tears in Heaven*, tu as pris le chemin des immortelles, mon Adrien, et tu ne m'as pas attendue…

L'infirmière s'arrête. Le silence qui règne est si profond que Nina s'entend respirer. Le feu a rencontré la glace. La porte des ténèbres s'est ouverte, il faut entrer.

79

« C'est Mme Folco, dit l'infirmière au médecin légiste. Elle est ici pour reconnaître le corps.

– Venez, madame, je vous en prie. C'est par là. »

Reconnaître le corps, se dit Nina. Ils ont de ces mots ! Et puis le médecin soulève un drap et il est là ; l'expression rêveuse, les cheveux tout poisseux de sang, et cette horrible plaie à la gorge, c'est quoi, que s'est-il passé, Nina ne comprend plus rien, ne pas s'évanouir maintenant, respirer – ne pas relever les yeux trop vite, les fermer plutôt, bonne idée, et maintenant les rouvrir et regarder à nouveau.

« Vous le reconnaissez ? » murmure le médecin, préoccupé, car les iris de la femme près de lui sont d'une largeur inquiétante et il est prêt à la rattraper si elle vient à perdre connaissance, ce ne serait pas la première fois. La mort, c'est son boulot, mais les gens croient qu'elle n'existe pas tant qu'ils n'y sont pas confrontés. Il répète, plus bas encore : « Madame Folco... c'est bien lui ? C'est votre mari ? »

Ces quelques mots sortent enfin Nina de la stupeur, de la torpeur dans laquelle elle était en train de chuter, lentement, de plus en plus loin, de plus en plus déconnectée. Ses yeux, remarque le médecin soulagé, ont presque repris un aspect normal.

« Oui, c'est mon mari. Enzo Folco », répond Nina. Puis, sans reprendre son souffle : « Que lui est-il arrivé ? Et Adrien, où est-il ? Où l'avez-vous mis ? » Le médecin a un regard vers l'infirmière qui secoue la tête, gênée. Ce sera donc à lui d'expliquer, lui qui a choisi ce métier justement pour ne pas s'embarrasser des problèmes des vivants. Les morts, ça ne demande rien, c'est tellement plus reposant.

« Votre mari a pénétré cette nuit dans la chambre de M. Isambert. L'infirmière, à laquelle on avait signalé la présence d'un intrus, a inspecté toutes les chambres de l'étage et, arrivée à la... 311, c'est ça ? demande-t-il à l'infirmière qui acquiesce, arrivée à la 311, reprend-il, elle a surpris votre mari qui pressait un oreiller sur le visage du patient. Lorsqu'il s'est vu découvert, M. Folco a sorti un couteau et l'en a menacée.

Elle a bondi vers la sonnette d'alarme, et alors... alors votre mari a reculé, s'est appuyé au mur et s'est ouvert la gorge d'un seul geste. On a fait ce qu'on a pu pour le sauver, vous pouvez me croire, mais tout est allé très vite. La carotide et la jugulaire étaient tranchées, et nous n'avons pas réussi... En quelques minutes, c'était fini... Je suis désolé.

– Et Adrien ?

– On ne sait pas ce qui s'est passé. C'est incompréhensible, nous n'avons jamais vu ça. Lorsque les infirmières, après avoir tenté en vain d'arrêter le saignement et de ranimer votre mari, se sont tournées vers M. Isambert, elles se sont rendu compte qu'il avait ouvert les yeux.

– Vous voulez dire... qu'il est vivant ?

– Aussi curieux que cela puisse paraître, le fait que... votre mari... ait tenté de l'étouffer... On pense que c'est ça qui l'a probablement sauvé.

– C'est-à-dire ?

– Appelez ça l'instinct de survie, ou ce que vous voudrez. Il n'y a pas de termes médicaux qui correspondent. On tentait de le tuer. Il ne pouvait plus compter que sur lui-même pour rester en vie. Lui seul pouvait choisir de vivre ou de mourir. Et il a choisi la vie puisqu'il est sorti du coma. Juste au moment où l'infirmière a surpris votre mari. Sans quoi évidemment...

– Où est-il ?

– En réanimation. Il est conscient, mais il n'a pas encore pu dire un seul mot. Il est trop tôt pour savoir si toutes ses fonctions cérébrales…

– Quelle chambre ? »

Le médecin se retourne vers l'infirmière qui jette un œil rapide sur son registre : « 124 ».

80

Tout est blanc. Les couloirs les chambres le sol les murs. Les tenues des aides-soignantes. Les blouses des médecins, leurs pantalons. Ou alors c'est elle qui voit tout en blanc, Nina ne sait plus. L'infirmière cingle comme un voilier devant elle, elle peine à la suivre, une veine bat à son cou, le sang afflue à son cœur, et soudain la porte s'ouvre sur la chambre 124.

Son regard se déplace dans la pièce, embrasse le corps d'Adrien, les épaules, les bras, la poitrine qui se soulève et s'abaisse, les jambes qui tremblent, les pieds maigres qui dépassent du drap, blancs, nus. Elle pense qu'elle n'a jamais vu un corps avant cet instant, jamais saisi la beauté du vivant. Cela lui semble incompréhensible, magnifique comme un paysage, eau et forêt et ciel et montagne et soleil dans les embruns d'une douceur absolue. Les orteils, les cheveux sombres, la moiteur du front. Les lèvres entrouvertes, les mains repliées en poing, le creux des hanches, la bosse imprécise du sexe, les cuisses dures sous le drap. Son amour pour lui est à ce moment complet, insoutenable, effrayant. Du crépuscule à l'aube, elle a vécu les derniers jours dans un état de conscience aiguë, celle des malades qui se savent condamnés, celle de ceux qui souffrent le martyre. Jamais elle n'a cessé de prier, jamais elle n'a cessé de lutter, et maintenant, tout s'ouvre de nouveau. Elle respire une fois de plus ce parfum d'helichrysum, cette fleur d'immortelle qu'Adrien ramassait sur leur chemin à Ravello. Sans lui, rien n'aurait plus eu de sens. Avec lui, le moindre geste se charge d'un charme infini. Elle entend le bruit de la mer battant contre les rochers. Les images, les sensations et les instants passés traversent son esprit à toute allure, mais elle ne fait rien pour les fixer. Elle sent des gouttes de sueur rouler le long de son dos.

Dans le miroir brisé des larmes, la lumière l'aveugle. Un grand soleil entre par la fenêtre, éclairant un pan de mur, laissant le lit dans la pénombre. Nina ferme les yeux, « Pour l'amour du ciel, ça va trop vite, mon Dieu, ralentissez un peu ». Quand elle les rouvre, le regard d'Adrien est fixé sur elle. Noir, lumineux. Nina avait oublié comme il portait loin. Comme il la perçait, atteignant son cœur en un éclair.

Les lèvres gercées d'Adrien esquissent un sourire, coins de la bouche à peine relevés. Elle devine un mot, maladroit, à peine soufflé, dans le silence d'un rêve qui devient réalité : « Nina. »

DES MÊMES AUTEURS

Simonetta Greggio

L'homme qui aimait ma femme, *roman, Stock, 2012*
L'Odeur du figuier, *Flammarion, 2011. Le Livre de Poche, 2012*
Dolce Vita 1959-1979, *roman, Stock, 2010. Le Livre de Poche, 2012*
Les Mains nues, *roman, Stock, 2009. Le Livre de Poche, 2010*
Col de l'Ange, *roman, Stock, 2007. Le Livre de Poche, 2009*
Étoiles, *nouvelle, Flammarion, 2006. Le Livre de Poche, 2008*
La Douceur des hommes, *roman, Stock, 2005. Le Livre de Poche, 2007*

Frédéric Lenoir
(bibliographie sélective)

Contes philosophiques

L'Âme du monde, *conte, NiL, 2012*
Le Secret, *conte, Albin Michel, 2001. Le Livre de Poche, 2003*

Romans

La Parole perdue, *avec Violette Cabesos, roman, Albin Michel, 2011. Le Livre de Poche, 2012*

L'Oracle della Luna, *roman, Albin Michel, 2006. Le Livre de Poche, 2008*

La Promesse de l'ange, *avec Violette Cabesos, roman, Albin Michel, 2004. Prix des maisons de la presse 2004. Le Livre de Poche, 2006*

Pièce de théâtre

Bonté divine !, *avec Louis-Michel Colla, Albin Michel, 2009*

Essais et documents

La Guérison du monde, *Fayard, 2012*

Petit traité de vie intérieure, *Plon, 2010 ; prix Aleph, 2011. Pocket, 2012*

Comment Jésus est devenu Dieu, *Fayard, 2010. Le Livre de Poche, 2012*

La Saga des francs-maçons, *avec Marie-France Etchegoin, Robert Laffont, 2009. Points, 2010*

Socrate, Jésus, Bouddha, *Fayard, 2009 ; prix Louis Pauwels de la SGDL 2010. Le Livre de Poche, 2011*

Petit traité d'histoire des religions, *Plon, 2008. Points, 2010*

Tibet, le moment de vérité, *Plon, 2008. Prix « Livres et Droits de l'Homme » 2008. Points, 2009*

Le Christ philosophe, *Plon, 2007. Points, 2009*

Code Da Vinci, l'enquête, *avec Marie-France Etchegoin, Robert Laffont, 2004. Points, 2006*

Les Métamorphoses de Dieu, *Plon, 2003. Prix européen des écrivains de langue française 2004. Hachette littératures, 2005*

L'Épopée des Tibétains, *avec Laurent Deshayes, Fayard, 2002*

La Rencontre du bouddhisme et de l'Occident, *Fayard, 1999. Albin Michel, « Spiritualités vivantes », 2001*

Livres d'entretiens

Dieu, *livre d'entretiens de Frédéric Lenoir avec Marie Drucker, Robert Laffont, 2011. Pocket, 2013*

Mon Dieu... Pourquoi ?, *avec l'abbé Pierre, Plon, 2005*

L'Alliance oubliée. La Bible revisitée, *avec Annick de Souzenelle, Albin Michel, 2005*

Mal de Terre, *avec Hubert Reeves, Seuil, 2003. Points, 2005*

Le Moine et le Lama. *Entretiens avec Dom Robert Le Gall et Lama Jigmé Rinpoché, Fayard, 2001. Le Livre de Poche, 2003*

Cet ouvrage a été composé
par Nord Compo à Villeneuve-d'Ascq (Nord)
et achevé d'imprimer en mai 2013
sur Roto-Page
par l'Imprimerie Floch
à Mayenne
pour le compte des Éditions Stock
31, rue de Fleurus, 75006 Paris

PAPIER À BASE DE FIBRES CERTIFIÉES

Stock s'engage pour l'environnement en réduisant l'empreinte carbone de ses livres. Celle de cet exemplaire est de :
1 kg éq. CO_2
Rendez-vous sur www.editions-stock-durable.fr

Imprimé en France

Dépôt légal : mai 2013
N° d'édition : 01 – N° d'impression : 84829
54-02-8353/2